Bibliografische Information der Deutschen Nationalbibliothek:
Die Deutsche Nationalbibliothek verzeichnet dieses Publikation in der Deutschen Nationalbiografie; detaillierte bibliografische Daten sind im Internet über http://dnb.dnb.de abrufbar

© 2017 Patrick Trapp
Herstellung und Verlag
BoD – Books on Demand, Norderstedt

ISBN: 978-3-7431-9184-6

Vorwort des Autors

Lyrik, ein Gespenst unserer Schulzeit. Nichts war doch schlimmer als das Lernen von Gedichten, das Bestimmen all der verschiedenen Stilmittel, die manchmal selbst der Autor sicher nicht wissentlich in seine Texte eingeführt hat. Viele sind froh, wenn diese Zeit endlich vorbei ist und man von Kreuzreimen, Alliterationen und ihrem Gefolge nichts mehr hören muss. Aber dennoch ist gerade die Lyrik ein Diamant unserer Sprache! Und wer sagt denn, dass Lyrik keinen Spaß machen kann, ist sie doch von jeher am Besten dafür geeignet Geschichten zu erzählen, die den Leser die Worte fühlen lassen, die ihn zum nachdenken bringen? Lasst euch entführen in eine ganz eigene Art der Poesie, in ein Spiel der Fantasie, einen Roman in Versen. Dann, wenn Könige eine Welt dem Untergang näher bringen als dem Bestand, wenn Drachen in Kirchen verehrt werden und uralte Prophezeiungen vom Ende allen Seins berichten kann selbst der unscheinbarste Reim seine Magie entfalten. Lasst euch entführen in eine Welt der Strophen, eine Geschichte aus Zeilen, nicht aus Seiten und erlebt selbst, wie sie Lyrik diese weiter trägt und nach und nach einzelnen, zunächst unabhängige, Stränge miteinander zu einem großen Faden verwebt, der eintausend Strophen später im größten aller Opfer endet. Der Leser muss hier kein Professor der Poesie sein, kein Akademiker, der selbst in der Zeitung noch Metaphern findet. Der Leser muss einfach sein, wie es ihm beliebt: Das Buch an einem Stück durchlesen, jeden Abend ein paar Seiten, am Wochenende mal ein Kapitel. Es geht nicht um Geschwindigkeit, es geht um den Spaß an fremden Welten, die im Geflecht der Worte geboren wurden. Es geht um Geschichten, die dem, der sie liest, ihren Inhalt darbieten.

Für Eva, in tiefer Dankbarkeit

Spiel der Könige

Das Licht der Drachen

Akt 1: Das Licht der Drachen

Prolog – Hoch auf Ila Dûn
Rechtsprechung in Avalon
Miker

Es war einmal vor sehr langer Zeit,   1
Als die Träume heller waren,
Als alle Dunkelheit war noch so weit,
Ein wunderbares Gebaren.

Zu jener Zeit, im Land Avalon,   2
Auf dem hohen Berg Ila Dûn,
Da saß der König auf seinem Thron,
Zu richten die Verbrecher nun.

Seine Tochter steht im Hintergrund,   3
Prinzessin Lynn, so wunderbar.
"König Miker kam zu dieser Stund,
Man bringe ihm nun Ehre dar!",

So ruft der Herold in die Halle.   4
Der Hofstaat tut sich verneigen.
"Herold Rex, so lass doch den Schalle,
Man soll die Verbrecher zeigen!

Auf dass Gerechtigkeit obsiege!"   5
Sprach der weise König alsbald.
"Der erste, schuldig der Intrige,
Wir fingen ihn im Aron-Wald,

Im Norden eures Königreiches.   **6**
Cody, Fejron, unsre Wächter:
Zum Zwecke eines Schuldabgleiches,
Bringt ihn herein, den Wildschlächter!"

So befahl der Herold ihn herein,   **7**
Nicht ahnend, wer der Manne ist,
Nicht ahnend, dass dieser es wird sein,
Den das Reich nimmer mehr vergisst.

So öffnen sich die großen Türen.   **8**
Man sieht erst nur einen Schatten,
Den die Wachen nun hereinführen,
Hört das Rasseln der Stahlplatten,

Dann erkennt man einen großen Mann,   **9**
Der allen Augen fremd aussieht,
Den kein einziger zuordnen kann,
Man fragt sich, was hier nun geschieht.

Herold Rex ergreift wieder das Wort: **10**
"So beuge er nun seine Knie,
Denn Er stehet hier, an diesem Ort,
Dem der König Würde verlieh!"

Aber der Fremde beugte es nicht.   **11**
Stramm steht er vor dem Königsthron
Und schaut König Miker ins Gesicht.
"Du bist mutig, mit deinem Hohn",

Spricht der König ihn daraufhin an,   **12**
"Doch deinen Namen sage mir,
Sage mir, wie ich dich nennen kann!"
"Du König dieses Landes hier,

In dem man nicht zu reisen vermag, **13**
Ich werde mich euch nie beugen,
Nicht heute und nicht am fernsten Tag,
Die Götter sind meine Zeugen!

Doch den Namen werde ich nennen: **14**
Tai´ko werde ich geheißen,
Unter diesem tut man mich kennen.
Nun lasst mich wieder abreisen."

Stille lag über dem großen Saal, **15**
Während der Mann gesprochen hat,
Nun erhebt sich der Stimmen Vielzahl,
Ein großes Flüstern geht von statt.

"Seiet ruhig, ihr guten Leute!" **16**
Erhebt Rex alsbald die Stimme,
"Wir hören diesen Mann an heute,
Zu richten im rechten Sinne.

Tai´ko, wenn du wirklich so genannt, **17**
Wir fingen Euch auf unserm Land
Und du, was jedem hier ist bekannt,
Jagtest hier Wild, als man dich fand.

Wilderei ist ein schwer Vergehen. **18**
Mein König, so saget ihr nun,
Wo wollt Ihr diesen Unhold sehen?"
"Herold, so lasset es doch ruh´n,

Lasst den Fremden sich uns erklären." **19**
Tai´ko erhebt stolz den Blick.
"Alter Mann, Fleisch war mein Begehren
Und in der Jagd liegt mein Geschick."

Miker erhebt sich von dem Throne: **20**
"Fremder, hast du keinen Respekt?
Unser Kerker sei nun dein Lohne,
Für deine Worte, so verdreckt!"

So bringen die Wachen Tai´ko fort,   **21**
In des Schlosses nachtdunklen Schlund.
Doch kein Aufschrei und kein Widerwort
Dringen aus des Gefangnen Mund.

Hinter den Männern schließt sich das Tor.   **22**
König Miker nimmt wieder Platz,
Da tritt Herzogin Isabell vor:
"König, das ist doch kein Ersatz!

Dieser Fremde hat euch beleidigt   **23**
Und euer Ansehen verdreckt.
Er hat sich nicht einmal verteidigt!
Was, denkt ihr, hat er so bezweckt?"

"Ihr hier, meine teure Isabell?   **24**
Ich wähnte euch in Aurea,
An eurer Küste aus reinstem Gold.
Und dennoch steht ihr heute da.

Warum habe ich den Mann verschont?   **25**
Dieses kann ich Euch nicht sagen,
Aber sagt: Hätte es sich gelohnt?"
"Mein König, lasst mich es wagen,

Eurer Meinung zu widersprechen.   **26**
Doch deswegen bin ich nicht hier.
Denkt ihr noch an euer Versprechen,
Zu jeder Zeit zu helfen mir?

Banditen plündern meine Lande, **27**
Brennen ganze Dörfer nieder,
Niemand weiß, wer sie plötzlich sandte.
Helft mir zu ringen sie nieder!"

Den König zieren Sorgenfalten, **28**
Als ob er eine Ahnung hat.
"Herold, ich lasse euch nun walten,
Richtet gerecht, an meiner statt.

Ich traue Euch in dieser Sache. **29**
Isabell, wollt ihr mir folgen?"

Kapitel 1: Die Gesellschaft von Askir
Der Erfinder
Tristan

"Tristan, kommt Ihr mit uns zum Bache?"
Klingt es durch die Rußeswolken,

"Oder wollt ihr Euch noch verbrennen?" **30**
Hustend stolpert der genannte,
Schwarz von Ruß, man kann nichts erkennen,
Hinaus in den gelben Sande.

"Amber, seid Ihr es, meine Liebe?" **31**
Hustet der Geschwärzte heraus.
"Tristan, verzeiht die Seitenhiebe,
Aber Ihr seht nicht gesund aus!

Schenkt euch doch erst nen Krug Wasser ein! **32**
Wer kommt denn sonst mal hier vorbei,
Wer außer mir sollte es denn sein?
Naja, das ist auch einerlei.

Was habt ihr denn dort drinnen getan?" **33**
Der Erfinder sitzt hustend da,
Dann fängt er wieder reden an:
"Ich kann nicht sagen was geschah.

Eigentlich will ich dafür sorgen, **34**
Dass dieser Kolben läuft mit Dampf,
Doch ich verschiebe dies auf Morgen.
Das wird wohl ein sehr langer Kampf.

Aber nun werde ich mich säubern, **35**
Anschließend auch mit euch kommen.
Sonst muss ich noch beim König räubern,
Ist doch die Nahrung verglommen...

Aber lasst uns nicht zum Bach gehen. **36**
Lieber in die Hauptstadt hinein
Das schöne Askir wieder sehen
Und im Eisdrachen einen Wein."

Der Kerker von Ila Dûn
Tai´ko

"Gefangener, dies ist die Zelle,   **37**
Euer neuestes Wohnquartier."
Kaum war Tai´ko über die Schwelle,
Rastete auch das Schloss schon ein.

Der Mann schaut sich in der Zelle um.   **38**
Es ist einfach ein schwarzes Loch,
Faules Stroh liegt um Pfützen herum,
In das sich ne Ratte verkroch.

"Hey, Wache, was soll das denn hier sein?   **39**
Eine Zelle oder ein Grab?
Hey, komm gefälligst wieder hier rein!"

Die Taverne „Eisdrache"
Tristan

"Wirt! Was ist es, was man mir gab?"

Sehr laute Stimmen und warme Luft, **40**
Das schlug Tristan gleich entgegen,
Gemischt mit diesem Tavernenduft,
Über Schweiß noch Bier gelegen,

Kerzenqualm durchzieht den Gästeraum. **41**
Dieser ist in Holz gehalten,
Man kommt sich vor wie in einem Baum.
Am Tresen tut der Wirt walten.

"Faolan! Hast du noch nen Platz frei?" **42**
"Hey, Tristan! Sieht man dich auch mal?
Und auch eine Begleitung dabei,
Endlich mal raus aus Kirestal!

Kommt mit, ich gebe euch einen Tisch!" **43**
Er bringt die beiden nach hinten,
Vorbei an Braten, Tellern mit Fisch,
Um einen freien Platz zu finden.

"Immer noch beliebt wie eh und je. **44**
Der Eisdrache läuft richtig gut!
Ah, ich denke, dass ich nen Platz seh.
Ich hoffe, ihr beide habt Mut?"

Fao deutet auf die hintre Wand, **45**
Wo ein Mann allein am Tisch sitzt,
Ein Messer, ein Stück Holz in der Hand.
Es scheint, als ob er etwas schnitzt.

"Hey, Reikon, du alter Haudegen! **46**
Kann ich die zwei zu dir setzen?
Ich bin einfach zu gut gelegen,
Mir Mangelt es an Plätzen!"

Der Angesprochene hebt den Blick **47**
Und mustert die Dreiergruppe.
"Faolan, du hast doch echt Geschick:
Bringst mir jeden Tag ne Truppe!

Nun setze sie schon endlich hierher, **48**
Brauchst nicht jeden Tag zu fragen.
Außerdem ist mein Bier mal wieder leer.
Das wird dir wohl etwas sagen?"

"Jaja, Rei, ich bringe es dir gleich! **49**
Tristan, Amber, setzt euch bitte."

Geheimnisse im Schlossgarten
Miker

"Miker, was wollt Ihr nun hier am Teich?
Macht doch nicht so lange Schritte!"

"Isabell, ich muss Euch was fragen.   **50**
Ihr habt genauso geschwiegen?
Warum sollte man es sonst wagen
Plötzlich Bauern zu bekriegen?"

Die Herzogin blickt den König an.   **51**
"Ich habe mein Wort gehalten,
Doch die Banditen ziehen voran!
Helft mir bitte dort zu walten!

Es ist mein Land, das sie verwüsten!   **52**
Mein Volk, das nur noch in Angst lebt!"
Mit Tränen schaut sie zu den Büsten.
"Was muss ich tun, dass Ihr vergebt?"

"Teure, Ihr seht hier meine Ahnen,   **53**
Hier blicken sie auf mich nieder.
Ihr wisst, dass sich Dinge anbahnen,
Ich traue euch lange wieder.

Doch lasst mich auf die Ahnen schwören,   **54**
Dass ich bleibe ungebunden.
Ich darf den Frieden niemals stören,
Doch wird ER einmal gefunden...

In diesem Moment wackelt ein Busch **55**
Und eine Katze rennt heraus.
"Weichpfote! Gib sie wieder her! Kusch!
Das ist doch nur eine Stoffmaus!"

Rufend kommt Lynn um den Busch gerannt, **56**
Sieht den Vater und bleibt stehen.
"Lynn, es ist dir ja wohl noch bekannt,
Dass du sollst zur Schule gehen?"

"Ja, Vater." "Na, dann beeile dich!" **57**
Lynn blickt dankend zum Vater auf.
"Dieser Blick versetzt mir einen Stich,
Und sie verwendet ihn zu Hauf."

Sagt der König, als sie schon weg ist. **58**
"Sie erinnert an meine Frau."
"Wie schnell man Gesichter doch vergisst.
Ist Lynn denn auch genauso schlau?

Wie viele Sommer zählt sie nun?" **59**
"Vierzehn, Isabell, vierzehn Jahr.
Aber ich kann noch immer nicht ruh´n.
Rulynn starb, als sie sie gebar.

Lasst uns zum Thema zurückkommen." **60**

Verfolgung in den Gängen
Lynn

"Weichpfote, nun bleib schon stehen!
Komm endlich her, du hast gewonnen,
Ich muss ja zur Schule gehen...

Weichpfote! Willst du was zerdeppern?"   **61**
Lynn biegt in den nächsten Flur ein
Und durch den Gang hallt lautes Scheppern.
"Prinzessin! Ihr müsst achtsam sein!

Ich hoffe, an Euch ist alles heil?"   **62**
Benommen blickt Lynn nach oben.
"Autsch! Weichpfote, dieses freche Teil!
Cody, helft mir hoch vom Boden."

"Solltet Ihr nicht in der Schule sein?"   **63**
Fragt der Wächter beim Hochziehen.
"Aber ich fange Weichpfote ein,
Der ist immer nur am Fliehen!"

"Wie wärs wenn ich den Kater fange   **64**
Und ihr zu eurem Lehrer geht?
Der wartet wohl schon etwas lange,
Wenn Ihr mal aus dem Fenster seht.

Die Sonne steht schon fast im Westen."   **65**
"Das würdet Ihr für mich machen?
Ihr gehört doch echt zu den Besten!"
Lynn geht, zurück bleibt ihr Lachen.

Die Wache sieht noch einmal hinaus **66**
Blickt dabei auf Askir hinab.
An engen Straßen steht Haus an Haus,
Sie sind leer, voller Gespenster.

"Etwas liegt heute über der Stadt. **67**
Diese Ruhe war noch nie gut.
Im Süden liegt das Meer komplett glatt,
Ich fürchte wir brauchen heut Mut."

Diese Worte spricht Cody zu sich, **68**
Dann geht er den Kater suchen.

Priester der Götter
Yahiro

"Marianne, hör doch mal auf mich!
Du sollst doch nicht ständig fluchen!"

Schallt es durch ein sehr großes Zimmer.　　　　**69**
"Meister, das sagt Ihr mir dauernd.
Ihr merkt es ja auch scheinbar immer,
Ihr scheint mir fast darauf lauernd.

Ich hab mich an der Flamme verbrannt,　　　　**70**
Da ist das fluchen doch normal,
Das habt ihr ja wohl auch mal gekannt."
"Novizin, bleibt bitte formal!

Ihr solltet nur das Feuer hüten!　　　　**71**
Was ist denn daran nun so schwer?
Das wird Euch ja wohl kaum ermüden!
Ist URIS nicht Euer Begehr?"

"Ich suche URIS zu erlangen,　　　　**72**
Was sollte ich denn sonst hier tun?"
"Dann sage mir, wovon wir sangen,
Dann darfst du auch für heute ruh´n."

"Ihr meint, ich soll ein URIS beten?　　　　**73**
Dann hoff ich, dass es euch gefällt,
Denn ist heute nicht nach reden
Und Euch bedeutet es die Welt:

" Unsre Götter, unsre Leben, **74**
Reinheit wolltet ihr uns geben,
Immerwährendes Licht,
Sieht man dies auch mal nicht! "

Darf ich dann wohl endlich mal gehen? **75**
Ihr hört ja, dass ich beten kann.
Oder sollen wir noch hier stehen
Wenn später die Messe fängt an?"

Ria dreht sich um, verlässt den Raum. **76**
Yahiro stöhnt und dreht sich um,
Nimmt etwas Holz vom heiligen Baum
Und gibt dieses dem Feuer stumm.

"Meister, die ersten treffen schon ein! **77**
Soll ich alles vorbereiten?
Oder wollt Ihr noch alleine sein,
Ich hoffe, Ihr könnt uns leiten?"

"Führe die Menschen in die Messe, **78**
Ich gehe mich rasch umkleiden.
Damian, bevor ichs vergesse:
Lasst die Weihe vorbereiten.

Heute ist ein sehr, sehr schlechter Tag. **79**
Irgendetwas wird passieren.
Und hol Ria, auch wenn sie nicht mag.
Wir dürfen sie nie verlieren."

Geschichtsstunde
Lynn

"Ach, Lynn! Du beehrst mich auch einmal?   **80**
Das wurde aber auch mal Zeit.
Ich komme extra hoch, aus dem Tal,
Und Ihr seid dann nicht mal bereit!"

"Meister Eodain, es tut mir Leid.   **81**
Ich habe die Zeit vergessen.
Aber nun bin ich total bereit!"
"Dann will ich dein Wissen testen.

Sagt, was wisst ihr von letzter Stunde?"   **82**
"Wir sprachen vom Beginn der Welt,
Ihr lehrtet mich die alte Kunde
Davon, was unsre Länder hält.

Stilles Chaos wird die Zeit genannt,   **83**
Die vor dem Kataklysmus war.
Von dem uns so wenig ist bekannt.
Doch er wars, der das Land gebar."

"Kann es sein, dass ihr euch widersprecht?   **84**
Erst spracht ihr vom frühen Anfang,
Dabei wart ihr schon mal nicht im Recht,
Ansonsten stimmt alles bislang.

Mit dem Stillen Chaos kam Leben,   **85**
Erste Geschöpfe stiegen auf,
Sie konnten noch ihr Schicksal weben,
Bestimmen heut noch diesen Lauf."

"Meister Eodain, das weiß ich doch! **86**
Wollen wir nicht weitermachen?
Die Götter kamen aus einem Loch,
Sie waren die ersten Drachen.

Was vorher war ist keinem bekannt." **87**
Eodain verdreht die Augen.
"Aus einem Loch? Nutzt euren Verstand!
Wie wollt ihr je etwas taugen?

Ihr wisst genau, wie sie erstanden, **88**
Aus dem Feuer der Vernichtung.
Wie sie ihre Flammen verbanden
Für die neue Weltenrichtung.

Doch das soll Yahiro euch lehren, **89**
Der kennt sich da wohl besser aus.
Ich werde euch hier nicht bekehren.
Das wäre wohl der reinste Graus.

Lasst uns den Unterricht beginnen, **90**
Ich wollte noch weiterkommen
Und sehe nur die Zeit verrinnen.
Ihr habt viel davon genommen.

Yaju steht heute auf meinem Plan, **91**
Ihre alte Prophezeiung.
Viele denken, sie schrieb sie im Wahn,
Ich denke, sie hat Bedeutung:

"Es kommt die Zeit der schwarzen Glut, **92**
Wenn Mensch die Sonne nicht mehr sieht,
Vom Rand der Welt naht Dunkelheit,
Wie eine Welle brandet sie.

Es kommt ein Krieg zwischen den Mächten,   **93**
Die dann für Weiß und Schwarz nur stehen,
Es kommt die Zeit, wo Tote gehen,
Richten die Schlechten und Gerechten.

Es kommt das Ende, endet nie,   **94**
Wenn eine Tochter erfährt Leid,
Wenn sie vor ihren Häschern flieht,
Dann braucht die Menschheit ihren Mut!"

So, Lynn, wisst ihr, was sie sagen will?"   **95**
"Yaju schreibt vom Weltenende."
"Sonst nichts? Ihr seid ja plötzlich so still!
Damit füllen viele Bände!

Lasst mich euch die Worte erklären..."   **96**

Das neue Schwert
Fejron

"Hey, MacAbell, wie geht´s dem Schwert,
Ich tu langsam danach begehren,
Bleibt es mir noch lange verwehrt?"

Der Schmied wirft einen Blick nach hinten. **97**
"Fejron! Na, wer kann es sonst sein.
Hannes! Kannst du mal das Schwert finden?
Der Kunde fühlt sich so allein."

"Mac, ich will ein Schwert und keine Frau, **98**
Die will doch alles verbieten,
Dabei bin ich doch gerne mal blau.
Schwerter sind da grundverschieden.

Doch sag mir: Du hast den Jungen noch? **99**
Er ist dir doch zugelaufen?
Bring ihn doch einfach runter ins Loch!"
"Fejron, ihr mögt ja gern saufen,

Aber lasst mir diesen jungen Mann. **100**
Ich lehre ihn hier mein Handwerk,
Ihr glaubt nicht, was der schon alles kann!
Er ist kaum größer als ein Zwerg,

Aber schmieden kann er wie keiner. **101**
Hannes, wo ist denn die Waffe?"
"Hier, Meister, es geht wohl kaum feiner,
Sie lag hinter der Karaffe."

"Hannes, das runde Ding heißt Bottich, **102**
Karaffen sind etwas kleiner."
"Aber Meister, das ist doch schrottich!"
"Deine Sprache war auch mal feiner.

So, Fejron, ich hoffe, sie gefällt **103**
Und diese Waffe bringt euch Glück."
"Wenn sie das, was ihr versprecht, auch hält,
Bekommt ihr sie nie mehr zurück."

Gefangen
Tai´ko

"Gefangener, hier ist das Essen!"   **104**
"Sagt mal, Wache, eine Frage;
Hat man mich hier wohl schon vergessen?
Hallo, hört ihr, was ich sage?

Hallo! Wollt ihr denn auch mal sprechen?   **105**
Sagt mir doch mal euren Namen!
Ich versuche auszubrechen!"
"Tai´ko, kennt ihr kein Erbarmen?

Verschont mich doch mit diesem Schwachsinn!   **106**
Seht zu, dass ihr den Teller leert."
"Ist ja schon gut, ich bleib hier drin.
Bleibt mir der Name auch verwehrt?"

Wenn euch wirklich so viel daran liegt,   **107**
Dann könnt ihr mich Sarah nennen.
Nun esst, bevor eure Zeit verfliegt."
"Sehr erfreut, euch nun zu kennen.

Sagt, komm ich hier auch nochmal heraus?"   **108**
"Ihr habt den König verärgert,
Wahrscheinlich kommt ihr lang nicht hinaus
Und bleibt ewig eingekerkert."

"Na, das werden wir wohl noch sehen.   **109**
Ihr könnt mich nicht ewig halten,
Ich werde wohl schnell wieder gehen,
Wollt ihr dabei nicht auch walten?"

"Nein, ich werde euch niemals helfen. **110**
Ich erfülle meine Pflichten."
"Dann schickt mir einfach eure Elfen."
"Der Humor wird euch einmal richten."

So verlässt Sarah den Zellentrakt **111**
Und Tai´ko bleibt allein zurück.

Kapitel 2: Das weiße Feuer
Lied der Götter
Yahiro

"Wir erneuern heute den Kontrakt,
Suchen bei den Göttern das Glück,

Lassen das URIS auf uns wirken"   **112**
Die Menge antwortet im Chor:
"Große Drachen, unsere Hirten,
Das URIS steigt zu euch empor!

Unsre Götter, unsre Leben,   **113**
Reinheit wolltet ihr uns geben,
Immerwährendes Licht,
Sieht man dies auch mal nicht!

Die Worte sind uns lieb und teuer!"   **114**
Yahiro erhebt sich vom Platz
Und stellt sich zum Altar aus Feuer,
Der hütet allen Wissensschatz.

Der Priester greift in die Flammen rein,   **115**
Ohne sich dran zu verbrennen
Und danach, im roten Feuerschein,
Zeigt er das, was alle kennen.

Ein Buch, in Leder eingebunden,   **116**
Von den Göttern selbst geschrieben,
Von dem Menschenvolke gefunden,
Dass vom Feuer war getrieben.

Auf diesem Schriftstück steht der Glauben,　　**117**
Doch wird es nur selten gezeigt,
Nur selten tut man dies erlauben,
Nur wenn eins sich dem Ende neigt,

Ein Noviziat, nach langer Zeit.　　**118**
Yahiro beginnt zu sprechen:
"Marianne ist heute so weit,
Sich das Feuermal zu stechen.

Laut Tradition weiß sie es nicht,　　**119**
Erst wenn Damian sie gleich bringt,
Wenn sie tritt in das heilige Licht,
Gegen ihre Dämonen ringt.

Lasst die Zeremonie beginnen,　　**120**
Gleich wird die Novizin gebracht.
Wir wollen uns zuerst besinnen.
Singt das Lied, von Göttern gemacht!

"Freue dich du Menschenvolke,　　**121**
Geboren aus feurigem Hauch,
Aus der Asche dunkler Wolke,
Wie es einst wollte der Brauch.

Aus fünf Flammen auferstanden,　　**122**
Fünffarbiger Feuerschein.
Flammen, die das Leben banden,
Feuerfarben, klar und rein.

Rein weiß war das erste Feuer,　　**123**
Schuf das Meer, die Erde,
Drachenmutter, uns so teuer,
Zephyr, du so gelehrte.

Deine Flamme teilte sich auf,   **124**
Sie gebar deine Kinder,
So bekam die Welt ihren Lauf,
Frühling, Sommer, Herbst , Winter.

Grün wie im Frühling die Natur,   **125**
So kam Larc zu uns herab,
Grünes Feuer, grünende Flur,
Niemand streitet die Macht ab.

Dann, gelb wie die Sommersonne,   **126**
Bringt Naru die Tiere da,
Gelbes Feuer, eine Wonne,
Niemand weiß wie es geschah.

Rot wie Herbstlaub in den Wäldern   **127**
Speit Serath das Feuer aus,
Rotes Feuer über Feldern,
Niemand bekommt dieses aus.

Reth, so blau wie die Winterwelt   **128**
Hat den ersten Mensch erdacht,
Blaues Feuer, welches uns hält,
Niemand weiß wann ers gemacht.

Doch es brauchte alle Farben   **129**
Um das Leben zu schenken,
Anfangs musste keiner darben,
Dann wollten wir selbst denken.

Aus den Farben kam das Dunkel,   **130**
HeiMei, so schwarz wie die Nacht,
Schwarzes Feuer, Todesfunkel,
Niemand der darüber wacht."

Kaum ist der letzte Ton verklungen, **131**
In der Halle aus Feuerstein,
Werden die Türen aufgeschwungen
Und Marianne kommt herein,

Mit Damian an ihrer Seite. **132**
Unwissens, was hier nun passiert
Und nicht ahnend, welche Tragweite
Ihr das Schicksal heute serviert.

"Marianne, komm hier nach vorne! **133**
Heut ist der Tag deiner Weihe.
Aus der Drachen heiligem Zorne,
Aus der Priester langen Reihe,

Aus dem Feuer unserer Seelen, **134**
Ist unser Orden entstanden.
Nie mehr soll dir der Glauben fehlen,
Nie die Flammen, die dich banden!"

Marianne kann es nicht fassen, **135**
Wie betäubt schreitet sie dahin.
Die will fast schon den Saal verlassen,
Doch dann steht sie im Kreise drin,

In einem Kreis aus buntem Feuer. **136**
Yahiro hebt seine Hände,
Präsentiert die Robe, so teuer,
Mit Flammen am Saumesende

Und ganz aus goldenem Stoff gewebt. **137**
Auf der Brust tut URIS prangen,
Das Herz der Religion, sie lebt.
Den Rücken, anstatt von Schlangen,

Den tut ein Ouroboros zieren, **138**
Ein Drache, der sich selbst fängt.
Ewigkeit wird nie verlieren,
Wenn man den Glauben einmal zwängt.

So ist diese Robe ein Symbol, **139**
Ein Symbol des wahren Glaubens.
Der Oberpriester wird zum Idol,
Das Bild tut den Atem rauben.

Dienerin der Götter
Marianne

"Jakob, Eberhart, bringt sie herein, **140**
Auf dass die Taufe nun beginnt.
Kleidet Ria in die Robe ein,
Mit der Novizentum zerrinnt.

Und nochmal öffnen sich die Türen, **141**
Die beiden schreiten in den Raum,
Tun eine Robe mit sich führen.
Ria erscheint das wie ein Traum,

Sie kann es immer noch nicht fassen. **142**
„Diese Robe aus Gold und Rot,
Sie sei dir hiermit überlassen,
Sie erinnert an dein Gebot,

Das du am ersten Tag gegeben: **143**
URIS jederzeit zu achten,
Den Glauben jederzeit zu leben
Und täglich danach zu trachten.

Empfange nun den Göttersegen, **144**
Wie es schon die Ahnen taten:
Indem sie ihren Glauben hegen
Und in heilges Feuer traten.

Dieses wird dich niemals verbrennen, **145**
Es wird um dich lodern, ganz sacht,
An der Farbe tun wir erkennen,
Welcher Gott nun über dich wacht.

Sind die Flammen bald von hellem grün   **146**
Ist es Larc, der über dich wacht.
Tun sie wie die Sommersonne glühn,
Dann gibt Naru nun auf dich Acht.

Lodert das Feuer jedoch rot auf,   **147**
Ist Serath nun dein Begleiter,
Bekommt es einen blauen Verlauf,
Dann liebt Reth dich wie kein zweiter.

Sie stehen für die Jahreszeiten,   **148**
So auch für das Menschenleben.
Weiß und Schwarz, die zwei großen beiden,
Werden nie den Segen geben.

Jeder der vier andren kann es sein,   **149**
Der dich auf dem Weg begleitet."
Ria fühlt sich plötzlich so allein,
Als sie da neben ihm schreitet

Und mit Yahiro zum Feuer geht,   **150**
Welches in einer Grube brennt.
Obwohl sie den Glauben ganz versteht,
Fühlt sie sich nun davon getrennt.

Die Angst sitzt tief in ihrer Kehle   **151**
Und doch spürt sie die Energie,
Spürt sie bis tief in ihre Seele,
Und diese Kraft, sie leitet sie.

Ria tritt ein in die Flammenwand,   **152**
Gestärkt durch ihren neuen Mut,
Und das Publikum wartet gespannt,
Zu welcher Farbe wird die Glut.

Zuerst füllt den Saal großes Schweigen, **153**
Weil das Feuer nicht reagiert,
Viele beginnen aufzuzeigen,
Bis es dann endlich doch passiert.

Und dann hallt ein Aufschrei durch den Saal, **154**
Wie er niemals vernommen war.
Ein Schrei, der jedoch nicht zeugt von Qual,
Sondern bringt Überraschung dar.

Die Flammen lodern in reinem Weiß, **155**
Etwas Neues beginnt heut hier.

Ein eiliger Auftrag
Tristan

"Hey, Kellner, was soll denn dieser Scheiß?
Bekomm ich endlich mal mein Bier?"

Das Gasthaus ist hilflos überfüllt, **156**
Man hört kaum die eigne Stimme
Und fühlt sich wie von Dunste umhüllt,
Er vernebelt alle Sinne.

Faolan rennt durch alle Gänge, **157**
Er kommt heute kaum zur Ruhe.
Überall schieben und Gedränge,
Wie in einer kleinen Truhe,

In der zu viele Menschen liegen. **158**
"Und, Reikon, was ist nun mit dir?
Was hast du denn nun so getrieben?
Wir sitzen nun schon lange hier,

Und haben von uns beiden erzählt." **159**
"Tristan, ich will es euch sagen:
Ich hab meinen eignen Weg gewählt,
Will das Abenteuer wagen.

Ich..." Da schwingt die Eingangstüre auf **160**
Und ein neuer Gast kommt herein.
Er hat es eilig. Im schnellen Lauf
Will er zu Rei, so ist der Schein.

„Rei, endlich hab ich dich gefunden! **161**
Du musst sofort mit mir kommen,
Diesmal wird sich nicht rausgewunden,
Jetzt wird erst Kundschaft gewonnen!"

Sag bloß, ihr habt Interessenten? **162**
Tja, dann muss ich wohl mitgehen,
Doch erst das Gespräch hier beenden.
Vergil, willst du so lang stehen

Oder dich mal kurz zu uns setzen?" **163**
„Rei, das Angebot in Ehren,
Doch ich fürchte, ich muss dich hetzen,
Sie will gleich mit dir verkehren."

„Nun, dann habe ich wohl keine Wahl. **164**
Amber, Tristan, entschuldigt mich,
Ich muss wieder runter in das Tal.
Aber ich denke, man sieht sich.

Hier, nehmt bitte diese Schnitzerei. **165**
Solltet ihr mich einmal suchen,
Zeigt sie vor, wo ein Weg führt vorbei.
Vergil, hör schon auf zu fluchen,

Darf ich wenigstens noch bezahlen?" **166**
Rei geht noch rasch zu Faolan
Und gibt diesem einige Faalen,
Dann hinaus, Vergil hintendran.

Tristan schaut ihm verdutzt hinterher, **167**
Dann betrachtet er die Figur.
Für die Größe ist sie ziemlich schwer.
Das Holz ist blau, ein wenig nur,

Er weiß nicht von welchem Baum es stammt.　**168**
Aber sie ist kunstvoll geschnitzt,
Tristan hat sie gleich als Wolf erkannt,
Sogar das Fell ist eingeritzt.

„Tristan! Hallo! Bist du noch bei mir?　**169**
Wie lang schaust du noch auf die Hand?
Huhu, ich rede wieder mit dir!"
„Sorry, Amber, ich war gebannt.

Schaut euch nur diese Figur hier an!"　**170**
"Ja, schon gut, können wir gehen?
Der Andrang hier fängt grade erst an
Und ich will nach Mutter sehen."

"Natürlich, Amber, ich komme gleich.　**171**
Nur noch kurz mit Fao reden.
Diese Stühle sind nicht grade weich,
Die schaffen irgendwann jeden...

Hey, Faolan, hast du kurz mal Zeit?"　**172**
Ruft Tristan in den Raum und winkt.
Doch scheinbar ist Fao nicht so weit,
Weil er ganz in Arbeit versinkt.

Doch was lange währt wird endlich gut:　**173**
Nach zehn Minuten kommt er dann.
"Morgen fasse ich endlich den Mut
Und hole mir ne Hilfe ran.

Doch für euch hab ich einen Moment.　**174**
Lasst mich raten: Ihr wollt wissen,
Wohin Reikon jetzt so plötzlich rennt?
Die Söldner tun ihn vermissen,

Denn er ist seit Jahren ihr Hauptmann. **175**
Die blauen Wölfe, schon gehört?"
"Ich glaub nicht, dass ichs behaupten kann,
Und das hat uns auch nicht gestört."

Sagt Amber rasch. "Wir wollten zahlen." **176**
"Na, sagt das doch einfach gleich,
Das macht fünf Ekker und zwei Faalen.
Davon werde ich zwar nicht reich,

Aber wie immer macht es die Masse. **177**
Kommen genügend Gäste her,
Dann stimmt am Abend auch die Kasse
Und meine Preise bleiben fair.

Also dann, ich hoffe man sieht sich!" **178**
Fao geht wieder bedienen.
"Tristan, mal eine Frage an dich:
Schau mal in die ganzen Mienen,

So ein Andrang ist doch nicht normal. **179**
Steht heute irgendetwas an?"
"Tja, für Fao ist das ideal,
Da er heut viel verdienen kann.

Du lebst noch nicht lange in Askir, **180**
Aber uns andren ist es klar.
Komm doch einfach erst mal mit zu mir,
Ich bring dir die Geschichte dar."

So reden sie, als sie rausgehen. **181**
Doch als die Tür ins Schlosse fällt
Und sie neben Reths Eisschrein stehen,
Wo man dessen Segen erhält,

Lodert plötzlich das blaue Feuer. **182**
Der Himmel erstrahlt kurz darauf,
Im weißem Licht aus dem Gemäuer,
Vor dem sich bildet ein Auflauf.

"Ist das nicht die Kirche da oben, **183**
Direkt am Hang des Ila Dûn?
Wollen die die Stadt heute roden?
Was bedeutet das Feuer nun?

Amber?" Er blickt auf den leeren Platz, **184**
Wo diese gerade noch stand.

Überall Licht
Fejron

"Jacky, was sagt ihr zu diesem Schatz?
Das Schwert liegt super in der Hand."

"Fejron, ich bin Bäcker, kein Krieger. **185**
Wäre die Waffe auch aus Holz,
Gegen dich wär ich nie der Sieger.
Aber du bist ja richtig stolz!

Das Werk ist scheinbar echt gelungen, **186**
Hat MacAbell sie dir gemacht?
Welcher Vogel hat das gesungen,
Ich war eigentlich auf der Acht...

"Och, er schickt Hannes zum Brot holen, **187**
Von dem erfährt man allerhand.
Früher hat er es noch gestohlen,
Heut..." Da erstrahlt die ganze Wand.

"Jacky was ist das jetzt für ein Licht?" **188**
Das kann ich dir auch nicht sagen!
Ich sehe die Quelle selber nicht!
Du solltest dich zur Burg wagen!"

Schatten vor der Stadt
Azusa

"Azusa, das ist der Augenblick, 189
Lasst mich schnell die Männer holen."
Der genannte Mann hebt seinen Blick.
"Rizzy, du bist wie ein Fohlen.

Ungestüm und auch ungeduldig. 190
Die Stadt erstrahlt in weißem Licht,
Ich bin dir keine Antwort schuldig,
Aber das ist der Moment nicht.

Ich werde euch schon zu mir rufen. 191
Wir sind Kinder der dunklen Nacht,
Wir gleiten auf ruhigsten Kufen,
Damit HeiMei über uns wacht.

Wir sollen heut ein Leben nehmen, 192
Dafür braucht es die richtge Zeit."

König von Elysion
Rien

"Sheitan, ich tu mich nach euch sehnen,
Wann ist es denn endlich soweit?"

"König Rien, ihr braucht Vertrauen. **193**
Alles ist schon eingeleitet.
Wir können nur auf die Uhr schauen,
Bald ist das Reich ausgeweitet.

Elysion wird dann erstrahlen, **194**
Das haben die Geister gesagt.
Und sie wird irgendwann bezahlen,
Weil sie den Verrat hat gewagt.

Die schwarzen Katzen sind unterwegs." **195**
"Ihr und eure Zauberkünste,
Die Sache beunruhigt mich halbwegs.
Besonders die strengen Dünste."

"Tja, das ist die Kunst hoher Magie, **196**
Doch wir reden später weiter.
Karon kommt wegen der Strategie,
Noch sind unsre Truppen heiter."

Das Schachspiel
Miker

"Mein König, Lif will euch gern sehen, 197
Darf ich den Mann zu Euch bringen?"
"Natürlich, Rex, ihr dürft auch gehen.
Ich lasse den Tag ausklingen."

"Natürlich, mein König. Gute Nacht." 198
Miker schaut wieder nach draußen.
Da wird die Tür wieder aufgemacht.
"Sagt, Lif, ihr kommt doch von draußen.

Woher kommt dieses helle Strahlen? 199
Die Sonne geht doch erst unter,
Tut ihr Licht an den Himmel malen,
Doch heute ist es viel bunter."

Der Mann kommt rein, zieht den Umhang aus. 200
Seine klaren Augen blitzen,
Aus ihnen strahlt viel Klugheit heraus.
"Miker, lasst uns doch erst sitzen.

Der Weg zur Burg ist immer noch steil. 201
Wollen wir ne Runde spielen?
Ich spürs, heute bin ich im Vorteil."
"Immer tust du darauf zielen,

Dabei hast du noch nie gewonnen. 202
Ich mach dir einen Vorschlag, Freund:
Nachdem wir zwei das Spiel begonnen,
Wovon du mal wieder geträumt,

Erzählst du mir alles, was du weißt. **203**
Komm mit, das Brett steht schon bereit."
"Stimmt schon, du gewinnst unser Spiel meist.
Aber heute ist es so weit!"

Die beiden setzen sich an den Tisch, **204**
Auf dem schwarzweiße Kacheln sind.
Es scheint, als sei er gewienert, frisch,
Miker hat Weiß und er beginnt.

"Also Lif, was weißt du darüber, **205**
Was dort am Himmel vor sich geht?"
Miker zieht einen Bauern rüber.
"Mein König, sagt mir, was ihr seht."

Lif Anderson erwidert den Zug **206**
Und verstellt dem Bauern den Weg.
"Nun, ich weiß nicht ob das ist nur trug,
Und dort seh ich dort den Beleg.

Alle Drachenschreine in der Stadt **207**
Senden scheinbar ihr Feuer aus.
Alle Farben leuchten aber matt."
Miker zieht den Läufer heraus.

"Genau das ist es, was passiert ist. **208**
Es gab eine weiße Weihe.
Etwas, das die Chronik nie vergisst."
Bauer zwei verlässt die Reihe,

Miker antwortet mit der Dame. **209**
"Du tust deinen Läufer geben?
Tja, mein Bauer schwingt gern die Fahne."
"So bleibt mein Bauer am Leben,

Doch sag: Ist jene Zeit gekommen?" **210**
Er zieht die Dame ein Feld vor.
"Ich fürchte, der Krieg hat begonnen."
Lif verschließt mit Läufer das Tor.

"Du bringst wohl gern ein Bauernopfer? **211**
Meine Dame wird ihn treffen."
"Ach, das ist nur ein Schulderklopfer,
Ich muss euch ja nicht nachäffen.

Im Krieg sind alle Mittel erlaubt **212**
Und Rien rüstet die Truppen."
"Lif, ich habe es erst nicht geglaubt.
Doch es tut sich so entpuppen.

Zwei Züge spielen die beiden still. **213**
"Schach, Lif, das ging heute ja schnell."
"Denk nicht, dass ich nicht gewinnen will,
Draußen ist es immer noch hell."

Wieder spielen sie ganz ruhig weiter. **214**
"Tja, das war jetzt wohl euer Turm."
"Miker, warum seit ihr so heiter?
Dein Reich erwartet einen Sturm."

Lif setzt seinen Springer leicht nach vorn, **215**
Miker antwortet mit Bauer.
"Sag mir, Lif, was bringt denn aller Zorn?
Der ist doch von kurzer Dauer."

Wieder ziehen sie ihre Runden. **216**
"Schon wieder hast du Schachgefahr."
"Mein König hat halt alte Wunden,
Der kämpft Schlachten von Jahr zu Jahr."

"Ich verstehe, doch was ist dein Rat?" **217**
Lange herrscht wieder das Schweigen.
"Lif, ich verstehe es, in der Tat.
Du wolltest es mir so zeigen?"

"Miker, du kennst mich. Das ist der Weg. **218**
Ich hab mich selbst Schachmatt gesetzt,
Doch genau das ist mein Privileg,
So wird das Volk nicht mehr gehetzt."

"Aber leider ist das nur ein Spiel. **219**
Ich darf den Krieg nicht verlieren."
"Ich denke, ich verstehe dein Ziel.
Du musst dabei viel riskieren.

Und du brauchst den allerersten Zug. **220**
Nun gehe ich wieder runter,
Das letzte Licht ist nur noch ein Trug,
Doch das weiße ist noch munter.

Ich muss es in die Chronik schreiben." **221**
„Lif, mein Freund, gehabe dich wohl.
Berichte nur über das Treiben,
Über das neueste Idol."

Miker blickt dem Chronist hinterher, **222**
Der mit schnellem Schritt entschwindet.
Die Sonne sinkt ins südliche Meer,
Als ob sie ihr Ende findet.

Im Flammenmeer
Marianne

Ria steht in einer weißen Wand,   **223**
Die Flammen lodern rund um sie.
Sie steht ganz ruhig da, ist nur gebannt,
So etwas erlebt man doch nie.

Von außerhalb dringt kein Ton zu ihr,   **224**
Selbst das Feuer hört sie nicht mehr.
„Marianne, komm doch her zu mir"
Ertönt es aus dem Flammenmeer.

Das Feuer tut sie nicht verbrennen.   **225**
Obwohl sie sie noch nie gehört
Scheint sie die Stimme zu erkennen,
Weshalb sie sich nicht daran stört.

Sie schreitet weiter in das Feuer,   **226**
Immer mehr Richtung der Mitte.
„Ria, du bist uns lieb und teuer,
Erhöre du unsre Bitte."

„Wer…wer seid ihr?" Bringt die Frau heraus.   **227**
„Du weißt es tief in deinem Herz."
„Zephyr?" Sie spricht das Wort leise aus,
Als warte sie auf großen Schmerz.

„Nein, ich bin der Mutter rechte Hand,   **228**
Sie gab dir heute den Segen."
„Cyrill? Ich habe es nicht erkannt."
Sie kann sich nicht mehr bewegen,

Steht nur noch starr in dem Flammenkreis. **229**
Einfach nur zweifeln will ihr Kopf,
Doch im Herzen hat sie den Beweis.
Die Frau bekämpft im Hals den Kropf.

„Aber weshalb die weiße Taufe? **230**
Und dann ausgerechnet bei mir?"
„Das Leben ist wie eine Schlaufe
Und deren Knoten liegt bei dir.

Die Zeiten werden sich bald ändern, **231**
Vorzeichen sind eingetroffen,
Dieser Sturm kommt zu allen Ländern
Und die Menschen müssen hoffen.

Du, Ria, musst ihnen sein das Licht, **232**
Der Sonnenstrahl in Finsternis.
Alles, was einmal war, zählt dann nicht,
Auch nicht das größte Hindernis.

Worte, die Yaju einst gesprochen, **233**
Werden in Erfüllung gehen.
Das erste Siegel ist gebrochen,
Der Rest wird nicht lang bestehen.

Aber diese alte Prophetie **234**
Ist noch nicht vollständig bekannt.
Von der zweiten Hälfte hört man nie,
Sie ist vergessen und verbannt.

Doch Zephyr sendet dir die Worte, **235**
Damit du tust daran denken,
Zu andrer Zeit, an andrem Orte,
Um das letzte Licht zu lenken.

In dem Feuer erscheinen Bilder, **236**
Von einer noch so fernen Zeit,
Immer schneller und immer wilder,
Bilder von Furcht, Hass und auch Leid.

Und dann spricht Cyrill jene Sätze, **237**
Die dereinst verloren gingen,
Über Orte und über Schätze,
Die vielleicht den Frieden bringen.

Die Legende von Drachenstein
Tristan

Tristan steht an der Hafenmole   **238**
Und blickt aufs letzte Tageslicht.
Ein Stück draußen singt eine Dohle,
Sie verlässt die Ruine nicht.

Die Ruine der Burg Drachenstein,   **239**
Die glüht im roten Abendrot,
Dem Mann fällt diese Geschichte ein,
Die handelt von der großen Not:

Einst ließ ein König sie errichten,   **240**
Drachenstein, die große Feste,
Um seinen Größenwahn zu schlichten,
Denn er wollte nur das Beste.

Gebaut aus Gold und Marmorsteinen   **241**
Bot sie Platz für zweitausend Mann,
Sie tat das ganze Reich vereinen,
Weil niemand sich mit messen kann.

Jeden Abend die tollsten Feste,   **242**
Speis sowie Trank im Übermaß,
Von jedem gab es nur das Beste
Und so die Demut man vergaß.

Kein Feind, der sich erheben wollte,   **243**
Frieden im ganzen Königreich,
Den niemals jemand brechen sollte,
Aber die Menschen wurden weich.

Sie dachten nur an ihr Begehren, **244**
Frönten frei der Lebenslust,
Vergaßen die Götter zu Ehren
Und das war diesen wohl bewusst.

Und einem tat dies nicht gefallen, **245**
Dem schwarzen Schatten dunkler Nacht,
Von dem die schlimmsten Träume hallen,
Der über das Totenreich wacht.

Er schickte ein Beben und die Flut, **246**
Schickte all die Elemente,
Verschlang die Feste in seiner Wut,
Alle Dächer, Türme, Wände.

Die, die dies überleben konnten, **247**
Suchten Schutz in der nahen Bucht,
Wo sie sich früher immer sonnten
Und schufen die neue Zuflucht.

Eine Stadt erstand im Lauf der Zeit, **248**
Die man seit jeher Askir nennt
Und niemals mehr ging jemand so weit,
Als der, den man als Askir kennt.

Er war es, der die Menschen führte, **249**
Aus der berstenden Burg heraus,
Und dessen Schicksal alle rührte,
Denn er selbst kann nie mehr dort raus.

Ein Stein beendete sein Leben, **250**
Kurz vor der rettenden Freiheit.
Man konnte ihm nichts Bessres geben,
Als eine Stadt, die ihm geweiht.

Diese Stadt wuchs und wurde größer,   **251**
Dort auf der weiten grünen Flur,
Doch die Bewohner wurden böser,
Es war eine Zeitfrage nur,

Bis diese Mal sich selbst vernichten.   **252**
Doch da wuchs plötzlich dieser Berg,
Als würden Götter ihn errichten,
Neben dem andre wie ein Zwerg,

Mitten in der schon riesigen Stadt   **253**
Keines der Häuser konnte ruh´n,
Welche man einstmals dort gebaut hat.
Man nannte ihn den Ila Dûn,

Anfangs wurde dieser gemieden,   **254**
Doch dann kam König, ihn zu schaun
Und hat es selbst für sich entschieden,
Eine Burg darauf zu erbaun.

Die Häuser folgten diesem Beispiel,   **255**
Die Stadt zog sich den Hügel rauf,
In Schleifen, ohne richtiges Ziel
Und hörte erst am Gipfel auf.

Das alles ist tausend Jahre her   **256**
Und Askir besteht immer noch.
Immer noch werde die Häuser mehr,
Was bleibt ist das Ruinenloch.

Tristan erwacht aus den Gedanken,   **257**
Und wirft noch einen letzten Blick
Auf Sonnenstrahlen, die versanken
Und geht im Dunkel dann zurück.

Hilfe für Aurea
Reikon

„Kommandant Rei, hier ist die Dame,   **258**
Die einen Auftrag für uns hat."
„Danke. Sagt, wie ist euer Name?
Ihr spracht Vergil an meiner statt?"

"Ihr wart ja nicht auffindbar Hauptmann.   **259**
Ich komme her aus Aurea,
Doch mehr ich euch noch nicht sagen kann,
Bis eine Einigung ist da.

Können wir hier alleine sprechen?"   **260**
"Keine Angst, ich traue Vergil,
Er wird das Schweigen niemals brechen,
Die Einheit bedeutet ihm viel.

Demnach, Herzogin Isabell, sagt,   **261**
Was Euch heut zu uns geführt hat."
„Wen habt Ihr denn jetzt plötzlich befragt,
Der Euch den Namen gesagt hat?"

„Keinen. Ich habe Euch selbst erkannt,   **262**
Ich bin ein weit gereister Mann."
„Nun, dieses war mir ja wohlbekannt,
Ich sage Euch, was ich ersann.

Meine Lande werden überrannt,   **263**
Von Banditen, so denke ich,
Noch nie hat Aurea so gebrannt,
Dieses versetzt mir einen Stich.

Miker will keine Männer schicken, **264**
Deshalb will ich Euch nun kaufen,
Um die Grenzen wieder zu flicken
Dafür brauchts den ganzen Haufen."

„Ihr seid hier bei den blauen Wölfen, **265**
Uns kann man nicht einfach kaufen.
Nicht bei einem und nicht bei zwölfen
Beuteln voll Gold tut was laufen."

„Aber ihr seid eine Söldnerschar! **266**
Wie kann man euch dann erlangen?"
Sagt uns hier die Wahrheit, ganz und gar,
Sonst werden wir nicht anfangen.

Denn Ihr habt uns etwas verschwiegen." **267**
„Woher wollt ihr das denn wissen?"
"Nun, so wie die Dinge hier liegen
Tut man Euch wohl nicht vermissen,

Dabei ist es allgemein bekannt, **268**
Dass der König Euch gerne mag.
Nun sprecht, Ihr seht uns beide gebannt."
"Heute ist wirklich nicht mein Tag,

Aber ich habe wohl keine Wahl. **269**
Es sind von König Rien Truppen,
Die mir bereiten all diese Qual,
Verbrennen Dörfer und Schuppen.

Doch das darf hier keiner erfahren! **270**
Sonst ist der Krieg unvermeidbar,
Nach all den so friedvollen Jahren."
Rei schaut sie an, sein Blick ganz klar.

"Nun habt Ihr die Wahrheit gesprochen. **271**
Ich habe mir dies schon gedacht.
Nun, was Rien hier hat verbrochen,
Was der dunkle König gemacht,

Das darf Avalon nicht hinnehmen. **272**
Isabell, Ihr habt die Schwerter."

Das letzte Abendmahl
Miker

"Ich tu mich nach meinem Bett sehnen,
Papa, es wird immer später!"

Im Licht, welches von außen einfällt, **273**
Sitzen beide am Abendtisch.
Ein Diener ists, der die Platten hält,
Auf denen liegen Brot und Fisch,

Fleisch, Obst und Gemüse aller Art. **274**
"Lynn, du darfst jetzt ins Bett gehen.
Dieser Tag war lang und wirklich hart.
Ich komm später nach dir sehen."

"Danke, Vater.", sagt Lynn und steht auf, **275**
Verlässt den Raum und schließt die Tür
Miker beobachtet ihren Lauf,
Als wär es eine schöne Kür

Und als wäre es das letzte Mal. **276**
Dann fällt die Tür laut in das Schloss.

Schattenmarsch
Azusa

"Azusa, das ist echt eine Qual!
Jetzt komm mal runter von dem Ross

Und lass es uns doch endlich wagen! **277**
Worauf sollen wir noch warten?
Lass es mich doch den Männern sagen,
Das tut hier langsam ausarten!"

"Rizzy, du bist voller Ungeduld, **278**
Siehst du nicht dieses helle Licht?
Diese ist nun auch nicht meine Schuld."
Er blickt Rizzy in das Gesicht.

"Für alles kommt mal die rechte Zeit." **279**
In dem Moment wird es dunkel.
"Siehst du? Jetzt endlich ist es so weit,
Bringen wir den Todesfunkel!

Ruf die Schwarzen Katzen zusammen, **280**
Wir ziehen nun gegen Askir!"

Stille
Tai´ko

"Sarah, wollt Ihr mich nicht verbannen?
Alles ist besser als das hier."

Seit vier Stunden ist Tai´ko allein,   **281**
Im Kerker herrscht Totenstille.
Er könnte wohl nicht einsamer sein,
Allein was bleibt ist sein Wille.

Selbst die Wache lässt sich nicht blicken,   **282**
Wo sie ist kann er nicht sagen.
„Sarah! Würdest du dich anschicken
Dich mal wieder her zu wagen?"

Die Rufe verhallen ungehört,   **283**
Außer ihm gibt es nur Schatten.
Das hätte den Mann niemals gestört,
Wären darin nicht die Ratten.

Aus jeder Ecke hört man quieken,   **284**
Kleine Füße auf dem Boden.
Könnte Tai´ko Gitter verbiegen,
Er würde sie wohl ausroden.

Doch so geht er einfach nur im Kreis,   **285**
Soweit es die Zelle erlaubt.

Wege des Schicksals
Marianne

„Ich sage euch, das Feuer war weiß!"
„Hat es ihr das Leben geraubt?"

Vor der Kirche steigt die Menschenzahl	**286**
Mit jeder Stunde, die vergeht.	
Bis nach drinnen in den Feuersaal,	
Jeder Schulter an Schulter steht.	

Das weiße Feuer ist vergangen	**287**
Und mit ihm die ew´ge Flamme.	
Ein jeder will Antwort erlangen,	
Was heute hier ist zugange.	

Helle Aufregung liegt in der Luft,	**288**
Wie ein vielstimmiges Brausen.	
Noch liegt im Raum der Flammenduft,	
Doch er zieht langsam nach draußen.	

Alle blicken auf Ria nieder,	**289**
Die in der Raumesmitte liegt.	
Sie öffnet grad die Augen wieder,	
wobei ihr Schwindel auch verfliegt.	

„Marianne! Den Göttern sei Dank!	**290**
Geht es euch gut? Was ist passiert?"	
Yahiro führt sie zu einer Bank.	
„Berichte uns ganz ungeniert!"	

Die Priesterin ist noch benommen, **291**
Sie nimmt Yahiro gar nicht wahr.
„Ich…Cyrill ist zu mir gekommen,
Er erzählte mir von Gefahr,

Doch…Ich kann mich nicht dran erinnern!" **292**
„Ganz ruhig, Ria, und hör mir zu!
Du musst die Gedanken verringern!
Berichte uns in aller Ruh!"

„Ich kann es euch wirklich nicht sagen! **293**
Doch ich muss hinauf zur Feste!
Und ich muss eine Reise wagen,
Ich denke, das ist das Beste…"

„Ria, so bleib doch bitte liegen! **294**
Woher kannst du dies denn wissen?"
"Ich muss den Schwindel nun besiegen,
Sonst ist die Welt bald zerrissen.

Yahiro, Ihr müsst es verstehen! **295**
Dieses scheint mein Schicksal zu sein.
Ich bitte Euch: Lasst mich gehen."
Durch die Fenster fällt Mondenschein,

Ansonsten ist die Welt ganz dunkel. **296**
"Ria, bitte pass auf dich auf."
Er achtet nicht auf das Gemunkel,
Das ergibt sich aus dem Verlauf.

Marianne blickt ihn dankbar an, **297**
Erhebt sich und verlässt den Saal.
Ein jeder möchte an sie heran,
Doch sie muss gehn, hat keine Wahl.

Kapitel 3: Schatten der Nacht
Dunkle Vorgänge
Azusa

"Rizzy! Warte noch einen Moment!"   **298**
Sie stehen direkt vor der Stadt.
"Wir arbeiten heute mal getrennt!
Ihr wisst, wer was zu tuen hat!

Agira, du bleibst in den Schatten   **299**
Und hältst unsere Rücken frei.
Greer, Timothy, ihr folgt den Ratten
Und schleicht an den Wachen vorbei.

Wir brauchen dann einen freien Weg,   **300**
Deshalb bringt sie dem Tode dar.
Makila! Du hast das Privileg,
Das zuvor oft das meine war

Und öffnest für uns das große Tor.   **301**
Lasst Blut fließen in dieser Nacht!
Für das, was wir haben heute vor,
Hätten viele alles gemacht!"

So betreten sie alle Askir,   **302**
Schleichen durch die ruhigen Straßen.
Aber kein Mensch zeigt sich heute hier,
Auch die Wachen nur in Maßen.

Nach und nach wird die Gruppe kleiner,   **303**
Jeder folgt seiner Aufgabe.

Unfreiwillige Wache
Fejron

"Fejron! Der Dienst am Tor ist deiner!
Du fehltest bei der Vergabe."

"Warum habe ich mir das gedacht? **304**
Es ist doch immer das gleiche!
Den Dienst hat noch nie jemand gemacht,
Außer über seine Leiche.

Aber egal. Sag: Wo ist Cody?" **305**
Der ist noch auf der Katzenjagd.
Aber er fängt Weichpfote nie,
Der hat sich auf den Turm gewagt."

"Schade. Ich wollte ihm was zeigen. **306**
Dann mache ich das halt später."
Er geht raus um aufs Tor zu steigen.

Zum König
Tai´ko

"Sarah! Ich bin kein Verräter!"

Tai´ko hat langsam die Nase voll. **307**
Immer noch kein Lebenszeichen,
Er findet die Sache nicht mehr toll,
Will nur noch Freiheit erreichen.

Doch endlich nähert sich Fackelschein **308**
Und bald steht Sarah in der Tür.
"Und, Tai´ko, wie war es so allein?
Ich konnte ja auch nichts dafür.

Der König will Euch noch mal sehen, **309**
Ich werde Euch zu ihm bringen.
Ihr werdet jedoch vor mir gehen
Und lasst es, Reden zu schwingen.

Erstes Blut
Makila

Makila sieht die Wache kommen,   **310**
Die heute Nacht das Tor bewacht.
Er hat grad die Mauer erklommen,
Im Schutz der dunklen, schwarzen Nacht.

Er sieht auch das Schwert in der Scheide,   **311**
Das ihm noch richtig neu erscheint,
Nahezu eine Augenweide,
Wenn sie sich mit dem Blut vereint.

Fejron patrouilliert auf der Mauer,   **312**
Die das große Burgtor umfängt.
Plötzlich läuft ihm ein eisger Schauer,
Der sogar seine Brust einengt,

Vom Rücken bis hinunter zum Bein.   **313**
Er wirft einen Blick nach hinten,
Doch dort sind nur die Schatten, allein,
Er weiß nicht was er will finden.

Fejron läuft weiter seine Runde.   **314**
Ruhig vergeht die nächste Zeit,
Die Minuten werden zur Stunde,
Er ist die Wache langsam Leid.

Schließlich bleibt er an der Mauer stehn,   **315**
Blickt hinunter auf die Weite.
In der ganzen Stadt ist nichts zu sehn.
Da verlässt sein Schwert die Scheide.

Noch bevor er sich kann umdrehen **316**
Spürt er das Metall im Rücken,
Kann kurz danach die Spitze sehen,
Wie sie, scheinbar voll entzücken,

Aus seiner Brust herausragt, Blutrot. **317**
Doch die Wache spürt keinen Schmerz
Und doch weiß Fejron, das ist sein Tod.
Dann schlägt zum letzten Mal sein Herz.

Makila blickt auf sein Werk hinab, **318**
Den Toten, der hier vor ihm liegt.
Doch dann wendet er sich von ihm ab,
Noch hat er nämlich nicht gesiegt.

Erst muss er noch das Tor aufmachen. **319**
Greer hat schon den Weg bereitet,
Überall liegen die Nachtwachen,
Als ob HeiMei selbst hier schreitet.

Timothy, Rizzy und Azusa **320**
Warten vor der Burg auf den Mann.
"Wisst ihr drei etwas von Agira?
Ob sie Alarm verhindern kann?"

"Ich traue ihr, wir werden´s merken. **321**
Aber lasst uns weitermachen,
Jetzt ist keine Zeit sich zu stärken!"
Vom Tor herab ertönt ein Lachen:

"Ach, ihr vier seid auch endlich mal da? **322**
Das wurde ja auch höchste Zeit.
Und obwohl ich euch nicht kommen sah:
Eure Stimmen klingen sehr weit."

"Makila! Lass die schlauen Worte **323**
Und öffne endlich diese Tor!
Du bist ja von der schlauen Sorte:
Warum stehen wir wohl davor?"

Makila tut dies, was ihm gesagt. **324**
Die Flügel schwingen knarzend auf,
Sie haben wohl doch zu viel gewagt.
Aber keiner stört ihren Lauf.

Die Burg bleibt dunkel und auch leise, **325**
Als hätte niemand es gehört.
Deshalb, auf diese Art und Weise,
Werden die Männer nicht gestört.

Geheimtreffen im Mondschein
Taiˊko

"Sarah, könnt ihr mir nur eins sagen?   **326**
Warum zu so später Stunde?
Und weshalb sollte er es wagen
Zu gehn mit mir eine Runde?

Sie hat ihn in den Garten gebracht,   **327**
Zum Rande eines dunklen Teichs.
Ruhig liegt das Wasser in der Nacht,
Genauso wie der Rest des Reichs.

So scheint es dem Mann hier jedenfalls,   **328**
Als er die kühle Luft genießt.
Taiˊko schaut rauf zur Weite des Alls,
Wo heute weiches Mondlicht fließt.

Da kommen schnelle Schritte näher.   **329**
"Danke, Sarah, Ihr könnt gehen.
Bitte betätigt euch als Späher.
Niemand darf diese hier sehen."

"Was Ihr wünscht, mein König, das geschehe."   **330**
Sie wendet sich dem Garten zu.
"Taiˊko, nun, da ich vor euch stehe:
Hört mir bitte zu, ganz in Ruh´.

Ihr fragt euch sicher, was ich nun will,   **331**
Das kann ich sogar verstehen.
Ich denke, Ihr habt den richtgen Drill,
Das kann man euch wohl ansehen.

Ihr scheint, als hättet Ihr viel erlebt **332**
Könnt auch mit dem Schwert umgehen
Und, egal wie stark die Erde bebt,
Bleibt auf beiden Beinen stehen.

Ich denke, man kann euch nicht brechen. **333**
Sagt, sehe ich das richtig?"
Tai´ko lässt sich Zeit vor dem sprechen:
„Was ist denke ist doch nichtig.

Sagt mir lieber einfach, was Ihr wollt." **334**
„Ich weiß, Ihr habt wohl keinen Grund,
Wisst nicht, warum Ihr mir helfen sollt,
Aber es läuft einfach nicht rund.

Ich brauche jemand unbekanntes **335**
Und ihr kommt von sehr, sehr weit her,
Von weit außerhalb meines Landes,
Über euch ist die Meinung leer.

Es steht ein Krieg vor meiner Türe, **336**
Auch wenn dieses noch keiner weiß.
All die Gespräche, die ich führe,
Können ihn nicht legen auf Eis.

Ich weiß nicht, welchen Grund Rien hat, **337**
Weshalb er den Krieg führen will,
Doch eines steht fest: Er findet statt.
Er bringt uns nur Leid und Unbill.

Doch noch gibt es eine kleine Chance, **338**
Dieses alles zu verhindern,
Es ist aber nur eine Nuance,
Doch vielleicht kann sie es lindern.

Da kommt nun Ihr ins Spiel, denn Ihr sollt…" **339**
Da durchbricht ein Geräusch die Nacht,
Als ob Eisen über Steine rollt.
„Warum wird das Tor aufgemacht?

Für heut Nacht ist kein Besuch geplant. **340**
Sarah! Komm doch mal bitte her!"
Man kann denken, sie hat dies geahnt,
Denn schon hört man die Schritte, schwer,

Was wahrscheinlich an dem Rüstzeug liegt **341**
Doch nähern sie sich von hinten,
Wo sich allein Dunkelheit anschmiegt,
Man kann die Quelle nicht finden.

„König, das kann doch nicht Sarah sein!", **342**
Tai´ko fühlt eine Bedrohung,
„Für solchen Schritt ist sie viel zu klein."
Und dann, wie zur Bestätigung,

Hört man Sarah von vorne Schreien **343**
Und dann das Klirren von Metall,
Es dringt durch all die Büstenreihen.
Auch übers Wasser kommt der Schall,

Der Teich ist ihnen nicht allzu fern. **344**
Plötzlich sieht man eine Gestalt.
„König, der hat euch nicht allzu gern,
Mir scheint, der sucht nach der Gewalt.

Sagt, habt Ihr eine Waffe dabei? **345**
Solang der Mond noch günstig steht,
Und dieser Mann dort steht gänzlich frei,
Bevor er in die Schatten geht,

Sollten wir uns zur Burg durchschlagen." **346**
In der Ferne hört der Kampf auf.
„Wir können es nur einmal wagen!
Ich habe keine Waffe! Lauf!"

Doch dafür ist es nun schon zu spät. **347**
Der Assassine hat gemerkt,
Dass der helle Mond in wohl verrät,
Und seinen Schritt nochmal verstärkt.

Tai´ko folgt Miker durch den Garten, **348**
In dem keine Wachen stehen,
Tat man es hier doch nie erwarten,
Gegner in diesem zu sehen.

Gehetzt ergreift Tai´ko einen Ast, **349**
Der vor ihm auf dem Boden liegt,
Hält ihn mit beiden Händen umfasst.
„Denkt Ihr, dass Ihr mit dem Ding siegt?

Das ist nichts andres als ein Knüppel!", **350**
Der schwarze Mann ergreift das Wort,
„Damit werdet ihr nur zum Krüppel!
Ihr seid heute am falschen Ort."

Tai´ko umfasst den Ast noch fester, **351**
Macht sich bereit für einen Kampf.
„Wer kann das denn wissen, mein Bester?
Vielleicht bekommt ihr einen Krampf."

„Eine große Klappe habt ihr ja. **352**
Da stellt sich eine Frage bloß:
Was hilft sie Euch bei dem Stöckchen da?"
Rizzy geht plötzlich auf ihn los.

Miker ist indes weitergerannt, **353**
Bis er Tai´kos Fehlen bemerkt
Und, nicht hörend auf seinen Verstand,
Der ihn bei seiner Flucht bestärkt,

Bleibt er stehen, sieht sich nach ihm um, **354**
Doch der Mann ist nicht zu sehen.
Der König fragt sich deshalb: Warum?,
Will grade nachsehen gehen,

Da sieht er jemand im Gras liegen, **355**
Mit der Rüstung seiner Wache.
Dann tut seine Neugierde siegen.

Entführung
Cody

"Das Biest spürt noch meine Rache",

Das hört Cody sich selber sagen. 356
Er hat Weichpfote lang gejagt
Aber er tut es nicht mehr wagen,
Er hat heute ja doch versagt.

Der Kater hat in schnell abgehängt, 357
Der passt ja auch in jedes Loch,
Hat sich durch eine Spalte gezwängt,
In der er sich lange verkroch.

Und kaum hatte er sich umgedreht, 358
Ist dieser Turm gerannt!
Zudem kam Cody auch noch zu spät,
Wurde dafür gleich noch belangt

Und darf nun einen Strafdienst schieben. 359
Fejron hat sich freigenommen,
Er weiß nicht, wo sein Freund verblieben,
Hat wohl den Tordienst bekommen.

Denn so wie er den Kollegen kennt 360
Ist es diesem einfach egal,
Ob er trotz freiem Tag doch noch rennt,
Der hat sein eignes Ideal.

Cody geht weiter durch einen Gang, 361
In dem die Schlafgemächer sind,
Dieser zieht sich hundert Meter lang,
Da hört der Mann plötzlich ein Kind.

Zwar kann Cody nicht viel verstehen, **362**
Doch die Stimme klingt aufgeregt.
Die Wache bleibt auf dem Flur stehen
Und schaut ob sich etwas bewegt.

Doch dieser liegt ganz still im Dunkeln. **363**
Außer ihm ist wohl hier keiner.
Doch dann hört Cody das leise Munkeln:
„Azusa, der Sieg ist deiner.

Wir haben endlich das kleine Gör, **364**
Jetzt müssen wir nur noch hier raus."

Tiefe Wunden
Jakob

„Jakob, jetzt lasst endlich das Verhör!
Ich weiß nicht ein, ich weiß nicht aus!

Selbst ich hab nicht viel mehr gesehen **365**
Als das, was ihr doch selber saht!
Ich weiß nicht, was heute geschehen,
Weiß nicht, ob uns ein Unheil naht."

„Ganz ruhig, Ria, ich frag ja nur!" **366**
Sie wollte grad zur Burg eilen,
Blickte nur auf die Straße, ganz stur,
Doch nun tut sie hier verweilen.

Eberhart und Jakob folgten ihr, **367**
haben sie gleich angesprochen.
„Ria, können wir gehen mit dir?
Oder hast du ganz gebrochen?"

Beide waren zu ihr immer gut, **368**
Selbst wenn es ihr mal nicht gut ging,
Dann brachten sie wieder neuen Mut,
Damit sie das Lachen anfing.

„Natürlich könnt ihr euch anschließen, **369**
Schließlich wohnt ihr doch da oben!"
Sie war froh, als sie zu ihr stießen,
Wollte sie grad dafür loben,

Da kam die Frau um eine Ecke. **370**
Sie war ganz Schwarz angezogen.
„Hier, Ria, nimm erst mal die Decke,
Der Bolzen hat sich verbogen.

Norbert sagt, dass es sehr schmerzen wird, **371**
Doch er muss das Ding entfernen."
„Jakob, was ist da draußen passiert?
Hab ich die Lektion zu lernen,

Mich niemals mehr sicher zu fühlen?" **372**
Ich kanns dir leider nicht sagen.
Komm her, wir müssen das Bein kühlen."
„Doch wie konnte sie es wagen,

Plötzlich auf uns Dreie zu schießen? **373**
Und wo war diese Armbrust her?"
Das will sich Ria nicht erschließen,
Sie denkt nach, doch ihr Blick ist leer.

„Ich kann nur sagen: Wir hatten Glück. **374**
Nur dein Bein wurde leicht verletzt.
Schau bitte nicht mehr darauf zurück,
Sonst bist nur du es, die dich hetzt."

Deshalb wollte er sie ausfragen, **375**
damit sie nun nicht daran denkt.
Doch nun weiß er nichts mehr zu sagen,
Hätt gerne das Gespräch gelenkt,

Doch Ria hält an dem Thema fest. **376**
Doch da betritt Norbert den Raum:
„Ria, leert den Becher bis zum Rest,
Er bringt euch einen ruhigen Traum,

Ihr werdet die Schmerzen nicht spüren. **377**
Jakob, lasst uns bitte allein."

Stock gegen Schwert
Tai´ko

„Ihr versteht, einen Ast zu führen,
Doch nun wird es ein leichtes sein!"

Tai´ko hat den Hieb abgefangen, **378**
Aber der Mann setzte gleich nach.
Er weiß nicht, wie lange sie schon Rangen,
Bemerkte nur, dass sein Ast brach.

Nun steht er hier, mit kurzen Stecken. **379**
Der Gegner spricht munter weiter,
Wie er ihn wird bald niederstrecken,
Das stimme ihn bestimmt heiter.

Doch was Rizzy dabei nicht bemerkt, **380**
Weil er sich viel zu sicher ist,
Ist, das Tai´ko seinen Griff verstärkt,
Als wüsste er schon eine List.

Dem Tode nah
Miker

Erst von nah hat Miker gesehen,	**381**
Dass es Sarah ist, die dort liegt.	
Der König tut noch nicht verstehen,	
Von wem die Wache ward besiegt.	

Sie, der er wohl am meisten traute,	**382**
Weil sie ihn nie belogen hat,	
Auf der auch seine Hoffnung baute,	
Liegt nun Tod hier, an seiner statt.	

Miker sinkt neben ihr auf die Knie,	**383**
Achtet nicht auf die Umgebung,	
Nicht auf die Stimme, die ihm sagt: „Flieh!"	
Und bittet sie um Vergebung.	

Da spürt er am Hals eine Klinge.	**384**
„Ich kann nicht sagen wer Ihr seid,	
Aber auf euch wartet die Schlinge."	
Er macht sich aufs Ende bereit.	

„Nun, Alterchen, das denke ich nicht."	**385**
Makila stellt sich vor den Mann.	
„Bitte, nur zu, sieh in mein Gesicht.	
Es gibt keinen, der helfen kann,	

Keinen, der deinen Tod verhindert."	**386**
Er hält einen Moment inne.	
„Doch falls es deine Schmerzen lindert:	
Stirb mit Gewissheit im Sinne,	

Dass wir auch deine Tochter haben."	**387**

Für die Prinzessin
Cody

Cody weiß nicht, was ihn noch hält.
Das Bild, das ihm die Augen gaben,
Zerbrach etwas in seiner Welt.

Zwei Männer kamen den Flur runter, **388**
Von dort, wo auch Lynns Zimmer liegt.
Noch nicht bemerkt, wie durch ein Wunder,
Hat er sich an die Wand geschmiegt,

In eine der Nischen, die dort sind. **389**
Einer trägt was in den Armen,
Er wusste gleich, dass es ist ein Kind,
Fragt die Götter nach Erbarmen.

Es ist seine Lynn, die dieser trägt, **390**
Die schlaff in seinen Armen hängt.
Dieser Anblick hat sich eingeprägt,
Wie der Schrei, der nach draußen drängt.

Er stellt sich den Männern entgegen, **391**
Die, wenn auch nur einen Moment,
Ein verdutztes Gesicht auflegen.
Dann bleibt einer und einer rennt,

Will mit der Prinzessin entkommen. **392**
„Wache, du kommst zur falschen Zeit.
Wir haben unsern Sieg bekommen."
Timothy macht sich vor ihm breit,

Holt sein langes Schwert aus der Scheide. **393**
Cody hat es schon gezogen
Und drängt den Gegner auf die Seite.
Der hat das Gesicht verzogen,

Hat die Gegenwehr nicht eingeplant, **394**
Vor allem nicht auf diese Art.

Alarm
Rex

„Fejron! Hab ich dich nicht schon ermahnt,
Als ihr grade neu bei uns wart,

Nachts das Tor geschlossen zu halten?" 395
Doch Rex erhält keine Antwort.
„Ich wollte heut ja nicht mehr walten.
Da will man kurz auf den Abort

Und sieht das Haupttor offen stehen" 396
Doch immer noch herrscht nur Stille.
„Ich muss wohl doch nach oben gehen."
Das ist zwar nun nicht sein Wille,

Aber scheinbar hat er keine Wahl. 397
Doch oben ist der Wachraum leer,
Auf dem Tisch steht das kalte Nachtmahl,
Ansonsten sieht man hier nichts mehr.

Jedoch steht die Tür nach draußen auf, 398
Fejron wird wohl auf Rundgang sein,
Das wäre der normale Ablauf.
Er betritt die Mauer aus Stein,

Sieht sofort die grausame Wahrheit. 399
Fejron liegt da, Schwert im Rücken,
Sein rotes Blut verteilt sich schon weit.
Es will Rex einfach nicht glücken

Dieses Bild sofort zu begreifen. **400**
Der Herold geht in die Hocke,
Fängt sich, dann tut er zum Seil greifen
Und läutet die Alarmglocke,

Die über dem Tor angebracht ist. **401**

Viel zu selbstsicher
Tai´ko

Tai´kos Gegner spricht immer noch.
„Aber nun genug der Gnadenfrist,
Jetzt schaufeln wir für dich ein Loch.

Der König dürfte verstorben sein 402
Und ich hab noch besseres vor.
Wir gehen so still wie wir kamen rein,
Bis auf den Toten auf dem Tor.

Nun ja, und dich nicht zu vergessen. 403
Auch wenn du diese Stöcke hast,
Mit mir kannst du dich niemals messen!"
Er hält den Schwertgriff fest umfasst,

Will angreifen, da klingt die Glocke. 404
Rizzy ist ganz kurz abgelenkt
Und Tai´ko wirft mit einem Stocke,
Der seinen Blick zur Seite schwenkt,

Zwar nur einen kurzen Augenblick, 405
Doch dieser reicht. Tai´ko schlägt zu
Und in dem Schlag liegt so viel Geschick,
„Wenn hier einer still ist, dann du!"

Rizzy will seinen Arm noch heben, 406
Doch da trifft ihn schon Tai´kos Schlag.
Er sinkt zu Boden, noch am Leben,
Doch durch die Kraft, die im Hieb lag,

Liegt er dort in totaler Ohnmacht, 407
Wird so schnell wohl nicht aufstehen.

Über Leben und Überleben
Miker

„König, gib auf diese Glocke Acht!
Bald ist es um dich geschehen.

Doch vernimm diese hellen Klänge,   **408**
So viel Zeit sei dir gegeben,
Bevor ich dich in den Tod dränge."
Miker kann den Blick nicht heben,

Er muss noch immer an Lynn denken,   **409**
Ob der Mann Wahr gesprochen hat.
Er würde ihr sein Leben schenken,
Doch ein Austausch findet nicht statt.

Er spürt nur noch die Furcht im Herzen   **410**
Und die Klinge an seinem Hals.
Die Angst um Lynn, sie macht ihm Schmerzen.
Makilas Worte sind wie Salz,

Das in einer offnen Wunde brennt.   **411**
Und als die Glocke dann verklingt,
Da weiß er es: Das nun ist sein End´.
Jetzt ist es Furcht, die da Mitschwingt.

Er wartet auf den Schmerz der Klinge,   **412**
Die tief in seine Haut eindringt.
„Es wird Zeit, dass ich den Tod,
Zeit, das die Klinge dein Blut trinkt."

Doch dann spürt Makila einen Stich **413**
Und Schmerzen durchziehen sein Bein.
„Aber ich habe erschlagen dich!"
„Du solltest sorgfältiger sein."

Miker kann den Augen nicht trauen, **414**
Als er runter zu Sarah blickt,
Die er eben, noch voller Grauen,
Ins Reich der Toten hat geschickt.

Sarahs Dolch steckt in Makilas Fuß, **415**
Bis zum Heft darin versunken.
„Dann empfängst du nun den Todesgruß!"
Schreit der Mörder unter Schmerzen.

Er reißt das Messer von Miker weg, **416**
Will Sarahs Kehle aufschneiden.

Kämpfe eines Mannes
Tai´ko

Tai´ko sitzt schon lange hier im Dreck
Und beobachtet die beiden.

Wie der Mann König Miker bedroht   **417**
Und ihn hat noch nicht gesehen.
Deshalb ist nun Stille sein Gebot,
Doch er weiß nicht, was geschehen.

Sein Blick streift Sarah dort am Boden,   **418**
In ihm rührt sich, was vergessen,
Trotz der unzähligen Methoden,
Diese Sehnsucht nicht zu messen.

Er denkt an die Liebe, verloren,   **419**
Den Tag, an dem sein Herz zerfiel.
Sein Kind, es wurde nie geboren.
Die Gedanken werden zu viel,

Tai´ko versucht sie zu verdrängen,   **420**
Diese Zeit kehrt niemals zurück.
Er wollte entkommen den Fängen,
Suchte in der Ferne sein Glück.

Tai´ko vertreibt diese Gedanken,   **421**
Gerade als Sarah sich rührt.
Ihm ist, als würd der Boden wanken,
Weil er wieder die Hoffnung spürt.

Noch bevor Sarah ihr Messer zieht,   **422**
Ist dem Mann klar, was hier geschieht
Und als er Makilas Schmerzen sieht
Hofft er darauf, dass dieser flieht.

Doch diese Hoffnung ist vergebens,   **423**
So dass Tai´ko, kurzentschlossen,
Als wäre es der Sinn des Lebens,
Kommt aus seinem Busch geschossen.

Noch bevor Makila reagiert   **424**
Hat Tai´ko den Mörder erreicht.
Makila weiß, dass er nun verliert,
Aber er machts dem Mann nicht leicht.

Es entsteht ein großer Schlagabtausch,   **425**
Der Assassine mit dem Messer,
Er kommt in einen wahren Blutrausch,
Doch Tai´ko ist trotzdem besser.

Es ist nur eine Frage der Zeit,   **426**
Bis einer von den beiden fällt.
Doch auch der König macht sich bereit,
Denn auch er plötzlich ein Schwert hält,

Hat es wohl von Sarah genommen.   **427**
Doch bevor er eingreifen kann,
Hat Tai´ko diesen Kampf gewonnen,
Trifft an der Kehle den andren Mann,

Zwar nur mit dem Knauf von Rizzys Schwert,   **428**
Doch Makila sinkt zu Boden.
Der Assassine scheint fast unversehrt.
Bis auf den Fleck, den Blutroten,

Der sich bildet um seine Füße, **429**
Wo das Messer noch immer steckt.

Entkommen
Cody

"Wache, ich sende dir noch Grüße,
Du hast mein Intresse geweckt.

Doch leider muss ich mich empfehlen,   **430**
Es ist genug Zeit vergangen.
Ich will beim Finale nicht fehlen."
Cody hat mit ihm gerangen,

Es dürften schon zehn Minuten sein,   **431**
Doch kann ers nun nicht verhindern,
Konnte es wohl nicht von vornherein,
Denn nichts kann die Seele lindern,

Dass der Entführer ihn stehen lässt.   **432**
Ein Schrei entkommt aus seinem Mund,
Voll Verzweiflung, bis zum letzten Rest.
Seine Finger am Schwert sind Wund

Und doch konnte er Lynn nicht retten.   **433**
Er geht, um Miker zu suchen.

Wehklagen
Miker

„Wachen, legt diesen Mann in Ketten!
Hört besser nicht auf sein Fluchen."

Kaum, dass Makila am Boden lag, **434**
Stürmte die Wache den Garten.
„Hauptmann, kommt doch einmal her und sag:
Warum ließet ihr uns warten?"

"Mein König, es gab einen Toten. **435**
Der Herold hat ihn gefunden,
Doch hat er es uns gleich verboten
Zu verlassen unsre Runden.

Es wusste auch keiner wo ihr seid, **436**
Wir mussten euch so erst suchen.
Mein König, ich hoffe, ihr verzeiht.
Ich muss mich dafür verfluchen."

Hauptmann, macht Euch doch keine Sorgen, **437**
Ich kann die Gründe verstehen.
Doch eines ist mir noch verborgen:
Wer musste heut von uns gehen?"

"Es tut mir Leid, es euch zu sagen. **438**
Fejron wurde uns genommen."
Bevor Miker kann weiter fragen,
Kommt Cody zu ihm, benommen.

"Mein König, ich muss euch berichten: **439**
Die Männer haben Lynn entführt,
Ich konnte leider nichts ausrichten.
Mein Schwert, es hat sie nicht berührt."

Er sinkt vor Miker auf seine Knie **440**
Und vergießt bittere Tränen.
"Ich fürchte, das vergebt ihr mir nie,
Tut es nur einmal erwähnen

Und ich werde den Dienst aufgeben, **441**
Meine Waffe niederlegen.
Doch bitte ich, verschont mein Leben
Und gebt Fejron Euren Segen,

Er ist nicht Schuld an dieser Sache." **442**
Miker lässt sich vor ihm nieder.
"Du bist eine sehr gute Wache,
Das sage ich immer wieder.

Aber du musst die Wahrheit kennen." **443**
Dem König kommen die Tränen,
Er kann sich nicht von ihnen trennen.
"Cody, ich muss es erwähnen,

Auch wenn die Worte in mir Schmerzen. **444**
Ich hab heute Lynn verloren,
Doch sie lebt, das weiß ich im Herzen.
So viel Leid wurde geboren,

In dieser dunklen und kühlen Nacht. **445**
Gute Männer sind gefallen,
Keiner in einer ehrlichen Schlacht.
HeiMei kam mit langen Krallen,

Er hat auch Fejron mitgenommen." **446**
Es herrscht Stille auf Ila Dûn,
Aber dann ward ein Schrei vernommen,
Dessen Nachhall wird nie mehr ruhn.

Der Schrei rollt über die ganze Stadt, **447**
Bis er die äußere Mauer
Und auch die Hafenbucht erreicht hat.
Doch er ist von kurzer Dauer.

Dann sitzt Cody ruhig dort im Gras, **448**
Er zeigt keinerlei Regung mehr.

Die schwarze Frau
Jakob

"Eberhart, reich mir bitte das Glas.
Außer es ist schon wieder leer."

Seit einer Stunde warten beide,   **449**
Dass Norbert endlich fertig ist.
"Jakob, es steht auf deiner Seite.
Wie kommt es, dass du das vergisst?"

"Ich muss noch immer daran denken,   **450**
Weshalb dieser Angriff stattfand.
Wie konnte sie den Schritt so lenken,
Dass sie plötzlich dort vor uns stand?"

"Du meinst diese schwarz Gekleidete?"   **451**
"Natürlich meine ich die Frau,
Die uns dieses hier bereitete.
Woher wusste sie so genau

Auf welcher Straße wir heut gehen?   **452**
Oder war das alles Zufall?
Hat sie uns einfach nur gesehen
Und hatte Spaß am Überfall?"

"Jakob, was stellst du mir die Frage?   **453**
Ich bin einfach nur ein Schneider,
Wie du. Egal, was ich dir sage,
Es bringt uns dennoch nicht weiter."

"Du hast Recht. Doch es beschäftigt mich." **454**
In dem Moment geht die Tür auf.
Norbert kommt rein. "Jakob, sie sucht dich.
Es war ein ruhiger Verlauf,

Es wird nur eine Narbe bleiben. **455**
Aber sie hatte auch viel Glück,
Sie wird nicht lange drunter leiden.
Nun, ich muss dann auch mal zurück.

Eine gute Nacht noch, ihr beide." **456**
Bevor jemand was sagen kann,
Klopft es an ihrer rechten Seite,
Beim Eingang. Draußen steht ein Mann.

"Norbert, Ihr müsst gleich mit mir kommen! **457**
Der König hat nach Euch geschickt!"
"Werdet Ihr doch erst mal besonnen
Und sagt mir, was ihr habt erblickt.

Woher kommt denn diese Aufregung?" **458**
"Die Burg wurde überfallen
Und die Verletzten brauchen Heilung!"
Ehe die Worte verhallen

Hat Norbert das Haus schon verlassen **459**
Und der Rest bleibt wortlos zurück.

Kapitel 4: Intrigen und Geschichten
In den Bergen
Simon

"Simon! Du musst besser aufpassen!
Du bist doch dein eignes Unglück!"

Die Straßen von Garoth sind bedeckt,	**460**
In der Nacht hats wieder geschneit.	
Im Dorf wurden Feuer angesteckt	
Und die Wache hält sich bereit.	
Bei diesem Wetter kommen Wölfe	**461**
Zu nahe an das Dorf heran.	
Die Männer stehen hier zu Zwölfe,	
Damit man reagieren kann.	
"Black McAulay, was ist das Problem?	**462**
Ich kann ja wohl etwas malen	
Und trotzdem noch nach den Wölfen sehn!"	
"Ich kann auch mit Kohle zahlen	
Und trotzdem dein Gemälde nehmen!	**463**
Was ist, wenn Norok das hier sieht?	
"Tu diesen Namen nicht erwähnen!	
Du weißt genau, was dann geschieht.	
Siehst du? Ich räume das Bild schon weg."	**464**
Simon geht wieder auf die Wacht.	
"Ich bin Künstler, was soll dieser Dreck?	
Das wird wohl eine lange Nacht."	

Doch als er am Gasthaus vorbeiläuft　　465
Ists mit der Ruhe schon vorbei.
Hier sitzen die Dörfler schon gehäuft,
Doch das ist denen einerlei.

Norok natürlich in der Mitte.　　466
Er beeilt such, weiter zu gehn,
Ist fast vorbei, da hört er Schritte.
Hinter ihm. Deshalb bleibt er stehn,

Dreht sich um und bereut dies sogleich.　　467
Es ist Norok, der zu ihm kommt.
"Hey, du, Wache! Komm zu mir sogleich!"
Simon überhört es gekonnt,

Doch ihm bleibt wohl keine andre Wahl.　　468
"Norok, was kann ich für dich tun?"
"Tu nicht so, als wär ich eine Qual!
Doch ich muss mich heute ausruhn,

Genauso wie meine Getreuen.　　469
Ihr müsst so zwei Schichten machen.
Nein, sag nichts, du würdests bereuen."
Simon will am liebsten lachen,

Doch da ist Norok schon gegangen　　470
Und Simon bleibt wortlos zurück.

Nachricht aus Askir
Rien

"Sheitan, stillt ihr heut mein Belangen?
Habe ich heute Nacht mal Glück?

Lass mich doch deinen Körper spüren!"   **471**
"Was würde Eure Frau sagen?
Ich kann Euch nur zu gern verführen,
Doch lass uns das später wagen,

Denn Karon wird gleich zu dir kommen,   **472**
Danach kannst du mich aufsuchen."
Sheitan geht, sie hat ihn gewonnen.
Rien tut Karon verfluchen.

Kaum hat die Frau den Raum verlassen,   **473**
Klopft es an der großen Pforte.
Der König versucht sich zu fassen
Und dennoch brüllt er die Worte:

"Warum kommst du denn nicht einfach rein?   **474**
Gestört hast du mich doch eh schon!
Kann man denn gar nicht mehr allein sein?"
Aus Riens Worten trieft der Hohn.

Karon stemmt die großen Tore auf   **475**
Und betritt ganz ruhig den Saal.
Er kennt des Königs Stimmungsverlauf.
"Mein König, ich hab keine Wahl.

Gerade kam zu uns die Nachricht, **476**
Das in Askir etwas geschah.
Man sah über der Stadt weißes Licht,
Es war scheinbar der Kirche nah,

Und man munkelt von einer Taufe, **477**
Der ersten, die von Zephyr kam."
Willst du, dass ich die Haare raufe?
Was intressiert mich dieser Kram?

Hast du überhaupt nichts Wichtiges? **478**
Dann sieh zu, dass du verschwindest!"
"Nun, ich habe noch nichts richtiges,
Aber noch einen kleinen Rest:

Der Spion meldet, dass Reikon kommt. **479**
Nach Aurea. Zu Isabell."
"Das nennst du klein? Das ist unsre Front!
Hat Miker Intresse am Gold

Oder hat er unser Spiel durchschaut? **480**
Du darfst gehen, Karon. Sofort!"
Karon fragt sich, ob Rien ihm traut,
Verlässt aber schnell diesen Ort.

Er ist Hauptmann von Elysion, **481**
Anführer der ganzen Armee,
Aber das war es scheinbar auch schon.
Da kommt dem Mann eine Idee.

Er wendet sich kurz vor der Tür um: **482**
"Rien, lasst mich nach Aurea.
Dann bleiben die Wölfe endlich stumm
Und ihr seht meine Treue da."

Doch Rien überlegt nicht lange.   **483**
"Aurea gehört den Banden,
Und die hält mein Gold bei der Stange.
Du bleibst hier in meinen Landen,

Du kennst schließlich deine Aufgabe.   **484**
Und jetzt geh diese erfüllen,
Bevor ich Ersatz für dich habe!"
Karon tut sich gut verhüllen,

Verlässt den Thronsaal und auch die Stadt.   **485**
Sein Ziel ist Grenzstadt, wie gewollt,
Wie es Rien ihm befohlen hat.
Der König, dem er Respekt zollt.

Auch wenn es die Angst ist, die ihn treibt.   **486**
Der König hat sich verändert,
Seit diese Frau immer bei ihm bleibt,
Immer um ihn herum schlendert.

Karon beschleunigt seine Schritte,   **487**
Er will schnell bei der Streitmacht sein,
Fühlt sich wohler in deren Mitte.
Der König sitzt noch auf dem Stein,

Aus dem sein Thron geschlagen ward.   **488**
Er denkt an die neuntausend Mann,
Die er geschickt auf die Kriegsfahrt,
Ob Karon sie wohl führen kann.

Doch dann fällt ihm Sheitan wieder ein,   **489**
Die auf seine Ankunft wartet.
Rien lässt die Kriegsgedanken sein,
Er hat diesen schon gestartet,

Genau wie sie es sich gewünscht hat, **490**
Und jetzt holt er sich seinen Lohn.
"Warum findet dieser Krieg nun statt?
Sag es mir doch bitte, mein Sohn!"

"Mutter? Was tust du denn hier unten?" **491**
Rien hörte sie nicht kommen.
"Und wie hast du mich hier gefunden?
Komm ins Licht, du scheinst verschwommen.

Und sag mir gleich, was du von mir willst." **492**
"Ich habe dich eben gehört.
Wessen Bedürfnis ists, das du stillst?
Mein Sohn, dieser Krieg ist gestört!

Wir leben lange schon in Frieden, **493**
Warum willst du den nun brechen?
Ich kann es dir zwar nicht verbieten,
Doch glaub mir, es wird sich rächen."

Noch bevor der König sprechen kann **494**
Dreht sie sich schon herum und geht.
"Mutter! Verstehst du auch irgendwann,
Dass mein Wort über deinem steht?"

Doch die Frau ignoriert ihren Sohn. **495**
Leila hat schon viel gesehen,
Den Sohn beraten, auch ohne Lohn,
Den Krieg kann sie nicht verstehen.

Sie verschwindet in der Dunkelheit, **496**
Rien kann es noch nicht fassen.
Er geht zu Sheitan, nach kurzer Zeit,
Will sie ja nicht warten lassen.

Die Begegnung ist schon vergessen. **497**

Unter Dieben
Nath

"Grenzstadt, warum dieser Name?
Wäre ein normaler vermessen?"
"Nath, schau einfach auf die Fahne.

Die Fahnen, sollte ich wohl sagen. 498
Du bist hier neu, doch merke dir:
Tu niemals nach dem Namen fragen.
Das ist dein Todesurteil hier.

Auf dieser Seite herrscht Avalon, 499
Und Miker tut dies sehr gerecht.
Dort drüben liegt schon Elysion,
Und Rien, nun, er ist nicht schlecht,

Doch die Seite wird abgeriegelt. 500
Die Stadt gehört zwar zusammen,
Aber wir werden aufgewiegelt,
Es brodeln die ersten Flammen."

"Aber Stan, es gibt doch die Brücke, 501
Die dort den Fluss Rhûn überspannt.
Weshalb erlaubt man diese Lücke?"
"Nun, es ist klar nicht elegant,

Dennoch sehr wichtig für den Handel. 502
Doch das wird sich auch noch ändern.
Wie gesagt: Die Welt ist im Wandel,
Das merkt man in beiden Ländern,

Auch wenn es uns keiner sagen mag. **503**
Doch lass uns hinuntersteigen.
Die Sonne geht auf, es wird bald Tag
Und Ra'ar will uns was zeigen."

Stan zeigt auf den roten Schleier, **504**
Damit auch Nath die Zeichen sieht.
Auf die Straße tobt noch die Feier,
Die sich wohl noch lange hinzieht.

"Warum feiern sie denn dieses Fest?" **505**
"Grenzstadt zählt nun eintausend Jahre,
So saufen sie bis zum letzten Rest.
Das ist doch für uns das Wahre!

Doch schweige nun, hier ist der Eingang." **506**
Stan öffnet die versteckte Tür.
Dahinter liegt ein Tunnel, sehr lang.
Und dunkel. Aber mit Gespür

Lässt er sich dennoch leicht durchqueren. **507**
Die zwei kommen in eine Gruft,
In der wohl nicht viele verkehren,
Gemessen an der alten Luft.

"Nun, abermals durch den Sarkophag? **508**
Kann man sich daran gewöhnen?"
"Nath, wer auch immer einst dort drinnen lag,
Der wird dir wohl nicht argwöhnen.

Tod ist Tod, das kann man nicht ändern." **509**
"Es ist dennoch nicht wirklich nett
Über Knochenberge zu schlendern.
Auch die Toden brauchen ihr Bett."

"Das ist nur dummer Aberglauben. Komm jetzt, wir werden erwartet." **510**

Albträume
Tristan

Wieder tut er ihm den Schlaf rauben,
Der Traum, der immer dann startet,

Wenn eine Nacht fast zu Ende ist. **511**
Tristan wälzt sich von links nach rechts.
"Komm zu mir, wo auch immer du bist,
Sohn des jungen Menschengeschlechts."

Es ist jede Nacht das gleiche Spiel. **512**
Erst fegt ein Feuersturm durchs Land,
Der, anscheinend ohne jedes Ziel,
Gleich alles Leben hat verbrannt.

Und dann ruft jemand diese Worte, **513**
Direkt aus dem Feuer heraus.
Es ist ein Traum der schlimmsten Sorte,
Für Tristan jedes Mal ein Graus.

Aber dies ist meistens der Moment, **514**
An dem er aus dem Schlaf erwacht.
Auch wenn der Traum noch lange nachbrennt.
Doch dem ist nicht so diese Nacht.

Heute kann Tristan nicht erwachen, **515**
Er wirft sich im Bett hin und her.
"Tristan, ich spreche für die Drachen,
Warum setzt ihr euch so zur Wehr?"

Er steht in einer Flammenwand **516**
In einer Welt voll Feuersbrunst.
Ein Zeichen erscheint auf in seiner Hand.
"Ich erweise dir unsre Gunst,

Wir rufen dich dann zu rechten Zeit." **517**
Tristan erwacht unter Schmerzen,
Sieht sich schon fast dem Tode geweiht,
Führt die Hand zu seinem Herzen.

Da sieht er auf dieser jenes Mal, **518**
Das ihm im Traum ward eingebrannt.
Drachen winden sich um eine Zahl,
Der Mann betrachtet sie gespannt.

Die Schmerzen sind ihm schon vergangen. **519**
Aber er kann nicht erfassen,
Warum die Drachen ihn verlangen.

Bruder und Schwester
Lif

"Ich danke dir, es wird passen.

Die Karte ist doch sehr detailliert. **520**
Gisela, du kannst nun gehen."
"Dann passt auf, dass Ihr sie nicht verliert
Wenn erneut die Winde wehen.

Ihr erinnert euch an die letzte?" **521**
"Wie könnte ich die vergessen?
Doch Gisela, meine Geschätzte,
Den Wind konnte ich nicht messen!

Die Karte ist davongeflogen. **522**
Ich danke für die lange Nacht,
Stunden sind zäh vorbeigezogen
Und trotzdem habt Ihr es vollbracht."

"Vergesst das nicht bei der Bezahlung." **523**
Die Frau geht und Lif bleibt allein.
Mit Gedanken und Erinnerung.
Allein im dunklen Kerzenschein.

Und die Gedanken gehen zurück, **524**
In eine Zeit, lang vergangen,
Voller Friede und auch voller Glück.
Damals hat es angefangen.

Er war zu dieser Zeit noch sehr jung, **525**
Miker hat er noch nicht gekannt
Und seine Jugend war jener Schwung,
Den er noch nicht hatte verkannt.

Und sie stand noch an seiner Seite, **526**
Seine Schwester war für ihn da.
Doch wie es will des Lebens Weite
War es Liebe, die für Aya

Seine Aya, Ende des Wegs war. **527**
Lifs Kopf fällt auf die Tischplatte
Und die Träume bringen sie ihm dar,
Die Zeit, als es noch Glück hatte,

Als er knüpfte jenes Freundesband **528**
Mit Miker, welches noch besteht.
"Lif, komm her und gib mir deine Hand,
Nicht dass es dir noch mal entgeht!"

"Ach Aya, muss das denn wirklich sein?" **529**
"Ja es muss, denn ich kenne dich!
Ich spreche die Worte noch so fein
Und was machst du? Ignorierst mich!

Jetzt komm schon her, du kleiner Rebell!" **530**
Aya fasst Lif an den Händen.
"Ich verspreche dir, es geht auch schnell,
Ich will deine Zeit nicht schänden...

Wo du schließlich so beschäftigt bist. **531**
Aber du musst es erfahren,
Bevor die Freude mich noch auffrisst!
Und du musst es dann bewahren,

Bis die richtge Zeit gekommen ist." **532**
"Aya, ich..""Nein, jetzt bin ich dran.
Gib Ruhe, bevor es mich zerfrisst!
So, wo fang ich am besten an...

Ich sag es dir am besten direkt, **533**
Sonst dauert es den ganzen Tag.
Bruder, er hat sie in mir geweckt,
Dieser Junge, welchen ich mag.

Die Liebe, Lif. Ich hab mich verliebt **534**
Und ich werde zu ihm ziehen.
Ich weiß, dass Vater mir das vergibt,
Ich will ja nicht vor euch fliehen!

Doch ich muss meinem Herzen folgen. **535**
Ich hoffe, du kannst mich verstehn,
Es kommt mir vor wie Rosa Wolken,
Ich muss ganz einfach zu ihm gehn.

Du wirst ihn sehr bald kennenlernen, **536**
Denn er wird zu Vater kommen."
"A-Aya, du willst dich entfernen?
Wann hat das alles begonnen?

Ich kann das alles nicht verstehen!" **537**
Mit den Worten ist er gerannt,
Weg von ihr, trotzend ihrem Flehen,
Ohne Sinn und ohne Verstand,

Sich wundernd über ihr Gebaren. **538**
Und Aya blickt ihm hinterher,
Dem Bruder von nur vierzehn Jahren,
Hofft auf seine sichre Rückkehr.

Sie sollte ihn nie wieder sehen, **539**
Denn Lif vermied jeden Kontakt.
Die Tage taten schnell vergehen,
Aya hat schnell alles verpackt

Und ihr Verlobter tat sie holen.　　　　　　**540**
Lif kam nicht aus seinem Zimmer.
Sie hat seine Hoffnung gestohlen
Und es wurde immer schlimmer.

Seit ihre Mutter gestorben war　　　　　　**541**
Hat er an Aya gehangen,
Brachte ihr sein ganzes Leben dar
Und sie ist einfach gegangen.

Und dann kam plötzlich diese Nachricht,　　**542**
Sie sei dem Fieber erlegen.
Tränen rannen über Lifs Gesicht
Wie starker, stetiger Regen.

Doch dann, nach den Tränen, kam der Hass.　**543**
Hass auf den, der sie genommen.
Lif suchte ihn ohne Unterlass,
Doch er hat ihn nicht bekommen.

Und dann starb der Vater durch das Leid,　　**545**
Lif konnte nichts mehr für ihn tun.
Aber er war bei ihm zu der Zeit
Und bekam so den Namen nun,

Denn er war des Vaters letztes Wort:　　　　**546**
Miker. Der Prinz, des Königs Sohn,
So weit entfernt von ihrem Wohnort,
In Askir, es schien wie ein Hohn.

Doch dorthin wendete sich sein Schritt.　　　**547**
An dieser Stelle schreckt er auf,
Aus dem Schlaf, der brachte den Traum mit.
Er hört ein Geräusch. Den Türknauf.

Flucht nach Westen
Azusa

Sie fliehen immer noch gen Westen, 548
Wenn sie auch nur noch zu viert sind.
Doch diese vier, sie sind die Besten,
Zwei von ihnen tragen das Kind.

"Azusa, sag, wo sind die beiden?" 549
"Männer, ich kann es nicht sagen.
Ich kann nur hoffen, dass sie leiden,
Wenn sie sich zu HeiMei wagen.

Und das sollten sie besser machen, 550
Bevor sie gefangen werden."
Rizzy entfährt ein leises Lachen.
"Was machen wir mit den Pferden?

Zwei sind heute ja frei geworden!" 551
"Lasst die Viecher einfach laufen!
Nun still. Wer weiß, welchen Kohorten
Suchen euch redsamen Haufen!

Und besonders du, Rizzy, sei still! 552
Du hast den Auftrag nicht erfüllt
Und wirst, sofern HeiMei dieses will,
Bald in den Schweigemantel gehüllt.

Wir werden dir die Zunge nehmen, 553
Wenn sie dir nochmal im Weg steht."
"Das musst du nicht noch mal erwähnen,
Ich weiß, wie dieses bei uns geht."

Schweigen liegt bald über der Gruppe, **554**
Während sie dem Turm zueilen.

König der Wölfe
Reikon

"Vergil! Stoppe bitte die Truppe,
Wir werden heut hier verweilen.

Dieses Gasthaus scheint doch recht genehm."   **555**
"Natürlich, mein Hauptmann, sofort!"
Was nun folgt tut Rei nur zu gern seh´n:
Disziplin, Wie an jedem Ort,

Wo er ein Lager errichten lässt.   **556**
Männer stellen die Zelte auf,
In Ruhe und so niemals gestresst.
Immer ganz der gleiche Ablauf.

Er geht indes schon in das Gasthaus.   **557**
Es heißt "Zum gefallenen Wolf".
"Wirt! Holt eure besten Weine raus!
Denn vor euch steht heute ein Wolf,

Auch wenn dieser heute nicht gefallen ist!"   **558**
"Reikon? Du? Wie lang ist es her?
Ich kann nicht glauben, dass du es bist!"
"Nun, Ryux, es fällt mir doch schwer,

Aber ich kann nicht so oft kommen!   **559**
Aber dennoch so oft ich kann!
Hier wird man zu gut aufgenommen!
Hast du denn Wein für meine Mann?"

Kaum gesagt öffnet sich schon die Tür, **560**
Keldan kommt zu dieser herein.
"Hauptmann, das ist doch wirklich Willkür!
Ihr seid hier und ladet nicht ein!

Mache Meldung: Lager errichtet **561**
Wir haben Besuch bekommen,
Vergil hat Spielleute gesichtet
Und sie gleich für uns gewonnen!"

"Na, dann kann ich ja wohl nicht fehlen! **562**
Keldan, ich will dich begleiten.
Ryux, kann ich denn auf dich zählen?
Wirst du uns den Wein bereiten?"

"Na, dir als meinem besten Kunden **563**
Kann ich das schlecht abschlagen!
Sieh, welchen Tropfen ich gefunden!
Kann ich das servieren wagen?"

"Ist das Grenzstädter Drachenrebe? **564**
Ryux, das kannst du gerne tun!
Doch nun raus, damit ich erlebe
Was Keldan jetzt schon lässt nicht ruh´n!"

Reikon will eben zur Tür gehen, **565**
Da öffnet die sich schon wieder.
Der Hauptmann bleibt gleich wieder stehen.
"Hauptmann, kommt, es warten Lieder!

Keldan sollte euch doch schon holen! **566**
Wo bleibt ihr denn die ganze Zeit?"
"Nun, Ferion, du junges Fohlen,
Ich war doch gerade bereit!

Nun aber! Bevor noch einer kommt! **567**
Nach euch beiden, meine Krieger."
Die drei verlassen das Gasthaus prompt,
Als ginge es um den Sieger,

Um den, der als erstes draußen ist. **568**
Es klingen schon erste Lieder.
"Rei, ich weiß ja, dass du langsam bist,
Doch du überraschst mich wieder!

Heut hast du wohl extra lang gebraucht?" **569**
"Ach Vergil, dein schöner Humor.
Nun, sag mir, wer ist hier aufgetaucht,
Wem öffnetest du unser Tor?"

"Es scheinen wohl zwei Barden zu sein, **570**
Jedenfalls tat es so klingen.
Ich hoffe, du hast heut guten Wein,
Sie wollen von Grimmzahn singen."

"Grimmzahn? Die alte Wolfsgeschichte? **571**
Da bin ich aber mal gespannt!
Da gibts viele Lieder, Gedichte,
Und sehr viele sind mir bekannt.

Doch sag: Wie heißen denn die Barden? **572**
"Sie Lunara, er Zuliko.
Doch sieh selbst, Rei, sie wollen starten."
"Man hat nicht mal Zeit fürs Hallo.

Vergil, wir lassen uns hier nieder." **573**
Noch bevor Rei sie richtig sieht,
Sehen die Barden Vergil wieder
Und beginnen gleich mit dem Lied:

Dereinst, vor sehr langer Zeit, **574**
Da gab es diese Begebenheit,
Von der nun wir Barden singen
Wenn unsre Lauten klingen.

Es war die Zeit der Legenden, **575**
Es war die Zeit dunkler Wälder.
Zu dieser Zeit war es kälter,
Winter hielt das Land in Händen.

In diesen kalten Jahren **576**
War der Wald voller Gefahren
Und einen König gab es dort,
An dem dunklen, kalten Ort.

Er war der König aller Wölfe, **577**
Mit dem größten Rudel aller Zeit,
Er war der König aller Wölfe,
Sein Heulen, man hörte es noch weit!

Grimmzahn wurde er genannt, **578**
War so gefürchtet wie bekannt,
War der Herrscher über den Wald,
Wurde zur Legende bald!

Sein Fell war so schwarz wie die Nacht, **579**
Die Zähne weiß wie Mondenschein.
Grimmzahn kam auch niemals allein,
Viele warn unter seiner Macht.

An rechter Flanke stand Bolt, **580**
Denn ihm war diese Ehre holt,
Tails ging an der linken Seite,
Grims Söhne waren beide.

Er war der König aller Wölfe, **581**
Mit dem größten Rudel aller Zeit,
Er war der König aller Wölfe,
Sein Heulen, man hörte es noch weit!

Doch da war der Jägersmann, **582**
Dem nie ein Wolf entrinnen kann,
Wohl der beste Jäger der Welt,
Wen sein Pfeil trifft, der gleich fällt.

Er hieß Nero, der Wölfe Fluch. **583**
Wenn er seine Beute erlegt,
Die Wölfe von dieser Welt fegt,
Braucht er stets nur einen Versuch.

Einmal hat er nur versagt, **584**
Einmal hat er zu viel gewagt
Und Grimmzahn ist ihm entkommen,
Seiner Falle entronnen.

Er war der König aller Wölfe, **585**
Mit dem größten Rudel aller Zeit,
Er war der König aller Wölfe,
Sein Heulen, man hörte es noch weit!

Nero hats nie vergessen, **586**
War danach von Grim besessen,
Konnte es doch nicht ertragen
Dieses erste Versagen.

Nero zog in den tiefen Wald, **587**
Um diesen Wolf zu fangen,
Sein schwarzes Fell zu erlangen,
Nicht irgendwann, sondern sehr bald.

Trotz Grimmzahns Rudelsgröße **588**
Gab sich Nero nicht die Blöße
Und stürzte sich in diesen Krieg,
Hoffte auf den schnellen Sieg.

Er war der König aller Wölfe, **589**
Mit dem größten Rudel aller Zeit,
Er war der König aller Wölfe,
Sein Heulen, man hörte es noch weit!

Und Grimmzahn, trotz aller Macht, **590**
Verlor zu schnell die große Schlacht,
Es half keine scharfe Kralle,
Er ging ihm in die Falle.

Nero hatte sein Ziel erreicht, **591**
Der schwarze Wolf war gefangen,
Ward als Mahnung aufgehangen,
Er machte es Nero nicht leicht.

Ein letzter Kampf in Netzen. **592**
Grim tat sich nur selbst verletzen.
Doch dann, im letzten Augenblick
Da zeigte er sein Geschick.

Er war der König aller Wölfe, **593**
Mit dem größten Rudel aller Zeit,
Er war der König aller Wölfe,
Sein Heulen, man hörte es noch weit!

Das größte Wunder der Welt, **594**
Ein Wunder, das den Wald erhellt,
Grimmzahn war der Sprache mächtig,
Seine Stimme, so prächtig.

Nero traute nicht den Ohren,   **595**
Als er vernahm des Wolfes Fluch
Niemals zu sehen ein Grabtuch,
Bis die Sünde verloren.

Dann sah Grim zum Himmel auf,   **596**
Gab sich hin dem ewigen Lauf.
Grims Söhne aber verschwanden,
Weit weg aus diesen Landen.

Er war der König aller Wölfe,   **597**
Mit dem größten Rudel aller Zeit,
Er war der König aller Wölfe,
Sein Heulen, man hörte es noch weit!

Neros Weg ist unbekannt,   **598**
Ging er doch in ein andres Land,
Niemand hat ihn mehr gesehen,
Doch so ist es geschehen.

Die Legende ward geboren,   **599**
Wir Barden singen sie heute,
Bringen sie unter die Leute,
Damit sie nie geht verloren.

Niemand glaubt ans Sprechend Tier,   **600**
Doch vielleicht ist dieses noch hier,
Ein Nachkomme von Grimmzahns Art,
Der auf Entschuldigung harrt.

Kaum ist der letzte Ton verklungen,   **601**
Kehrt plötzlich Stille wieder ein.
Die Barden haben lang gesungen
Und zur Neige geht Reikons Wein.

Diese Version, sie war auch ihm neu. **602**
Er steht auf, geht zu den beiden.
"Ihr Barden, warum denn nun so scheu?
Wollt ihr wohl schon wieder reiten?

Setzt euch zu uns und last uns reden, **603**
Ihr habt bestimmt schon viel erlebt.
Ihr kennt doch mit Sicherheit jeden,
Der zwischen uns und Rien steht.

Xaneran! Du nimmst die erste Schicht, **604**
Denn wir müssen sicher gehen."

Das erste Treffen
Cody

Durch die Fenster dringt das erste Licht,
Doch Cody kann es nicht sehen.

Er weint noch immer bittre Tränen, **605**
Seit vielen Stunden geht das nun.
Fejron´ Verlust tut den Mann lähmen,
Er konnte diese Nacht nicht ruhn.

Seine Gedanken sind in der Zeit, **606**
Als er Fejron kennen lernte.
Er war auf der Suche nach Arbeit
Und es war Herbst, vor der Ernte.

Cody war auf dem Weg zum Felde, **607**
Um eine Arbeit zu finden,
Als ein Pfeil an ihm vorbei schnellte.
Er verschwand zwischen den Linden,

Die den Rand seines Weges säumen. **608**
"He, Bauer, was fällt dir denn ein?
Muss ich dich selbst vom Wege räumen?
Nun steh da nicht rum wie ein Stein,

Hol mir gefälligst den Pfeil wieder! **609**
Und zeig mir den Weg nach Askir."
Ein Reiter blickte auf ihn nieder.
"Kataria spricht hier zu dir,

Ein Sohn des Hauses von Katzura." **610**
"Mein Herr, folgt einfach diesem Weg.
Ich jedoch muss zu den Feldern da,
Jenseits von diesem kleinen Steg.

Genau dort, wo euer Pfeil sein muss. **611**
Ich würde ihn euch gern bringen,
Doch hinter den Linden ist ein Fluss,
Es würde mir kaum gelingen."

Cody will sich wieder abwenden, **612**
Da springt der Reiter von dem Pferd.
"Ich lass es dabei nicht bewenden!
Meine Pfeile, die sind von Wert!

Dann musst du wohl mal tauchen gehen." **613**
"Aber ich muss Arbeit suchen!
Könnt ihr denn nicht die Felder sehen?"
"Willst du mich hier wohl verfluchen?

Ich sagte du sollst den Pfeil holen, **614**
Also wirst du genau das tun."
"Als hätte ich den Pfeil gestohlen!
Ich gehe zu den Feldern nun,

Ihr könnt ja schließlich selber tauchen." **615**
Cody geht Richtung der Felder,
Wo schon die Abfallfeuer rauchen.
Der Tag wird schon merklich kälter.

Da spürt der Mann ein Schwert im Rücken. **616**
"Ich sagte: Hol mir diesen Pfeil.
Mach dies, sonst endest du in Stücken.
Ich denke du bleibst lieber heil."

Da hört man von hinten einen Schrei. **617**
"Hey, was geht dort vorne vor sich?
Lasst diesen Mann sofort wieder frei!"
"Wie bitte? Meinst du damit mich?"

Kataria dreht sich zur Stimme. **618**
Ein Mann kommt den Weg herunter,
Er hat einen Pfeil auf der Kimme.
"Guter Mann, ihr seid ein Wunder,

Denn ihr kommt genau zur rechten Zeit." **619**
Cody kann sein Glück nicht fassen.
"Noch so ein Bauer, ich bin es leid.
Sofort den Bogen fall´n lassen!

Weißt du denn nicht, wen du vor dir hast? **620**
Ich bin ein Ritter Turreas!"
"Nun, das habe ich sehr wohl erfasst,
Doch Ihr macht hier wohl keinen Spaß,

Also nehmt bitte das Schwert runter." **621**
Bevor er reagieren kann,
Hört Kata Stimmen, ziemlich munter.
Es sind bestimmt fast sieben Mann.

Ein paar Wachen kommen gelaufen, **622**
Sehen sofort, was hier passiert.
"Ihr da, hört sofort auf zu raufen!
Bevor einer den Arm verliert!

Was hat das hier denn zu bedeuten?" **623**
Kata sieht die Zeit gekommen,
Zu befrei´n sich von diesen Leuten:
"Männer, ich hab fast gewonnen.

Die Bauern wollten mich bestehlen, **624**
Doch ich trage den Ritterstand.
Ihr braucht nicht mit dem Lob zu hehlen,
Ich tat es auch für dieses Land.

Cody will sich sogleich erwehren, **625**
Doch der Wachhauptmann hebt die Hand:
"Wir würden eure Taten ehren,
Doch das Gesetz ist mir bekannt.

Wir müssen euch zum Hofe bringen, **626**
Wo das Gericht ein Urteil spricht!"
"Peter, es wird Euch nicht gelingen.
Er rührt sich schon seit Stunden nicht."

"Nun, das werden wir sogleich haben. **627**
König Miker will ihn sehen.
Grenzstadt schickte uns einen Raben,
Cody muss gleich zu ihm gehen.

Männer! Holt einen Wasserkübel! **628**
Wir werden ihn wach bekommen."
Cody schreckt auf, ihm ist leicht übel.
"Aha, wieder wach. Willkommen.

Wache Cody, lass dich nicht hängen. **629**
Der König hat nach dir geschickt.
Geh, hilf ihm bei seinen Belängen."
Cody steht sofort auf und nickt.

Sein Blick ist leer, ohn´ jedes Gefühl. **630**

Bewohner der Tunnel
Nath

"Nighty, Nighty, Nighty ist hier,
Das Eis ist warm und das Feuer ist kühl,
Merke dir: Drei und zwei ist vier!"

"Stan! Was ist das denn für ein Gesang? **631**
Ich war zwar echt noch nicht oft hier,
Doch noch nie vernahm ich diesen Klang!"
"Bei den Göttern! Ich brauch ein Bier.

Der hat mir heute auch noch gefehlt. **632**
Das ist Nighty, total irre.
Hat man dir noch nicht von ihm erzählt?
Der Alte macht mich noch kirre!

Wir wissen nicht, wann er kommt und geht, **633**
Wir wissen nicht einmal woher!
Du merkst es erst, wenn er vor dir steht."
"Aber ist hier nicht alles leer?

Hier, in diesen Tunneln meine ich." **634**
"Das alles ist ein Labyrinth.
Ich weiß, es ist befremdlich für dich,
Ich kenn mich nur aus, wo wir sind.

Wohl keiner kennt hier alle Wege." **635**
"Außer Nighty, wie es mir scheint."
"Dafür gibt es keine Belege.
Komm, bevor der Zufall uns eint.

Wir sind gleich da und Ra'ar wartet. **636**
Und Ra'ar wartet nicht gerne.
Schnell, bevor Nighty wieder startet."
Sie gehn und hören in der Ferne,

Wie der Mann seine Reime genießt: **637**
"Naru, Naru, Naru ist hier,
Das Wasser brennt und das Feuer fließt,
Merke dir: Eins und sechs ist vier!

Versammlung des Tribunals
Ra'ar

"So ist nun mal die Situation. 638
Riens Heer kommt aus dem Norden.
Meine Herren, man warnte uns schon,
Doch daraus ist nichts geworden."

Tom blickt auf zwei ernste Gesichter. 639
"Balthasar, Sigmund, sagt etwas.
Grenzstadt war seit jeher kein Schlichter,
Die Geschichte lehrte uns das."

Die drei stehen in dem kleinsten Saal, 640
Den das Rathaus zu bieten hat.
Zusammen sind sie das Tribunal,
Die höchsten Herren von Grenzstadt.

"Wir müssen uns nun bald entscheiden. 641
Alleine können wir nicht sein,
Sonst müssen viel zu viele leiden.
Welchen König lassen wir ein?

Grenzstadt war lange unabhängig, 642
Doch dieser Krieg ist viel zu groß."
"Tom, deine Meinung ist nicht gängig.
Es ist noch lang nicht hoffnungslos."

"Schau doch rüber auf die große Stadt. 643
Wir können es überstehen."
"So spricht, wers Leben hinter sich hat.
Sigmund, diesmal nützt kein Flehen."

"Meine Herren, ich stimme Tom zu. **644**
Ich stimme für König Miker.
Bei Rien kommen wir nicht zur Ruh.
Der Mann ist ohne jede Ehr."

"Balthasar, das ist meine Meinung. **645**
Lasst uns nun darüber sprechen...."
Keiner der drei sieht die Erscheinung,
Deren Blicke sich hier brechen.

Ra'ar steht hinter dem großen Spiegel, **646**
Hat die Unterhaltung belauscht.
Nun schließt er schnell die großen Siegel,
Damit der Wind nicht hindurchrauscht.

Dann eilt er in Richtung Kaverne, **647**
Um die anderen zwei zu seh´n.
Nach der Biegung steht die Laterne,
So muss er nicht im Dunkeln geh´n.

Ein neuer Auftrag
Nath

"Nath, hier herein. Wir sind endlich da." "Aber Stan, hier ist doch niemand?" "Lass dich nicht täuschen. Ra'ar ist nah." "Stimmt." Ra'ar tritt aus der linken Wand.	**648**
"Was hat euch beide aufgehalten?" "Nighty ist wieder hier unten. Und lässt wieder den Wahnsinn walten, Wir hatten ihn schnell gefunden."	**649**
"In Ordnung, Stan, ist ja auch egal. Hier ist ein Auftrag für euch zwei, Ich habe ja leider keine Wahl. Sonst sind wir nicht mehr lange frei.	**650**
Das Tribunal kann nicht entscheiden, Zu welchem König sie halten. Sie wissen zwar um all das Leiden, Dennoch müssen wohl wir walten.	**651**
Sigmund gehört in Verruf gebracht. Ihr dürft diesmal nicht versagen. Stan, Nath, unternehmt es morgen Nacht, Nur dann können wir es wagen.	**652**
Hört zu, ich erkläre euch den Weg."	**653**

Die Erscheinung
Tristan

Tristan steht draußen vor dem Haus,
Blickt hinunter auf den kleinen Steg,
Von wo er fährt zum Angeln raus.

Noch immer ist er in Gedanken,   **654**
Sucht noch immer nach einem Sinn.
Da sieht er plötzlich sein Boot schwanken,
Als wäre jemand -etwas- drin.

Plötzlich bewegt sich auch die Plane,   **655**
Die sein Boot vor dem Regen schützt.
Es ist nur eine alte Fahne,
Aber sie hat ihm gut genützt.

Noch bevor er die Entscheidung fällt,   **656**
Ob er nachsieht oder doch geht,
Ist es, als ob ihn jemand hier hält,
Als ob jemand neben ihm steht.

Und ja, dort steht plötzlich ein Drache!   **657**
Jedoch geht er auf zwei Beinen,
Ist gerüstet wie eine Wache.
Tristan sieht ein Feuer scheinen,

Woher es kommt, kann er nicht sagen.   **658**
Das Wesen scheint nicht fest zu sein,
Als würde es es noch nicht wagen,
Komplett in dieser Welt zu sein.

Da fängt Tristans Hand zu brennen an, **659**
Dort, wo das Mal eingebrannt ist.
Doch bevor der Mann sich rühren kann,
Ists ihm, als ob er ihn vergisst,

Denn der Drache wendet sich ihm zu **660**
Und beginnt auch noch zu sprechen:
"Die Zeiten, sie wandeln sich im Nu.
Bald wird eine Schlacht anbrechen.

Dein Schicksal ist damit verbunden. **661**
Verbunden mit der ganzen Welt.
Es dauert nur noch kurze Stunden,
Auch wenn es dir wohl nicht gefällt.

Wir können dir nur eines geben, **662**
Als Hilfe, an dich gebunden.
Bitte beschütze dieses Leben,
Er hat nun zu dir gefunden."

Der Drache deutet zu seinem Boot, **663**
Auf dem ganz plötzlich ein Hund steht.
"Er wird dir helfen in größter Not,
Wenn du denkst, dass gar nichts mehr geht.

Fenris, so wurde er einst genannt, **664**
Vor so vielen, langen Jahren.
Einst unter andrem Namen bekannt,
Als Hunde noch Wölfe waren.

Aber ich muss nun wieder gehen, **665**
Ich bin schon viel zu lange hier.
Wir werden uns bald wieder sehen,
Aber dann, dann kommst du zu mir."

"Warte! Sag mir doch deinen Namen!" **666**
Der Drache ist schon fast verblasst,
Als seine letzten Worte kamen:
"Ich bin Cyrill, so es dir passt."

Dann ist die Erscheinung verschwunden **667**
Und etwas stupst an Tristans Bein.
Der Hund hat das Boot überwunden
Und steht neben ihm, ganz allein.

Tristan kann es nicht wirklich fassen, **668**
Was hier eben geschehen ist.

Ankunft auf Ila Dûn
Marianne

"Lasst sie hinein, es wird schon passen.
Ich glaube, das ist keine List.

Kommt, wenn ihr wirklich zum König wollt." **669**
"Ich danke euch sehr, guter Mann."
"Egal, was ihr Miker sagen sollt,
Sagt mir, wie ich euch nennen kann."

"Marianne, ich bin Priesterin. **670**
Und ihr? Was ist euer Name?"
Ihr könnt euch doch denken, wer ich bin.
Lif Anderson, meine Dame.

Kommt nun, lasst uns zu Miker gehen, **671**
Wenn er mich schon Nachts holen lässt."
"Stimmt, ich habe euch schon gesehen.
Es war beim letzten Feuerfest!

Wie kommt es, dass Ihr den König kennt?" **672**
"Priesterin, es ist keine Zeit.
Ich ahne, dass Ihr vor Neugier brennt,
Ich weiß nicht, warum ihr hier seit,

Aber das alles wird sich zeigen. **673**
Kommt nun. König Miker braucht mich."

Eine kleine Wunde
Miker

"Norbert, du musst doch nicht so schweigen.
Sag mir, seit wann kenne ich dich?

Es müssen schon viele Jahre sein." **674**
"Euer Hoheit, es sind fast acht.
"Kommt bitte her in den Kerzenschein.
Es wird zwar hell, doch noch ist Nacht.

Es ist nur eine kleine Wunde, **675**
Die wird von alleine heilen.
Dann dreh ich noch schnell meine Runde,
Danach tu ich heimwärts eilen."

"Mach das. Es waren lange Stunden. **676**
Wir hatten diese Nacht viel Glück.
Doch noch ist sie nicht überwunden,
Ich will meine Tochter zurück."

Es brennen Fackeln an den Wänden, **677**
Der König sitzt auf seinem Thron,
Spricht mehr zu seinen eignen Händen.
Das alles scheint ihm wie ein Hohn.

Norbert will gerade raus gehen, **678**
Da öffnen sich die zwei Türen.
"Norbert! Ich bin froh euch zu sehen!
Lasst mich euch zu Cody führen.

Er liegt keine zwanzig Schritt von hier!" **679**
"Peter! Beruhigt euch erst einmal!
Ihr seht aus wie ein gehetztes Tier!"
"Aber Cody, er ist ganz fahl!

Ich sollte ihn zum König bringen, **680**
Aber dann...""Bring mich hin. Sofort!"

Hilflosigkeit
Rex

"Wie konnte den Männern dies gelingen.
Ich meine hier? An diesem Ort?"

"Wie konnten sie hier rein gelangen?" **681**
"In der Stadt gabs noch mehr Tote!
Es hat wohl unten angefangen."
"Vorhin kam ein junger Bote,

Ich sah ihn schnell zum Herold gehen." **682**
Rex eilt schnell durch die Burggänge,
Überall sieht er Gruppen stehen
Und das wohl auf ganzer Länge.

Vor dem Thronsaal stehen so viele, **683**
Dass er nicht weitergehen kann.
Sie alle blicken auf die Diele,
Denn dort am Boden liegt ein Mann.

Jemand tut sich über ihn beugen. **684**
"Norbert! Was ist hier geschehen?
Was ist mit Cody? Gibt es Zeugen?"
Rex hat es sofort gesehen,

Dass der Mann am Boden Cody ist. **685**
"Rex! Hab ich euch doch gefunden.
Dies ist ein Tag, den niemand vergisst.
Besonders die letzten Stunden."

"Ah, Lif, ich hab euch erst nicht gesehn. **686**
Der König ließ nach euch schicken.
Sagt mir, wie ist das hier zu verstehn?"
Lif antwortet nur mit Nicken

Und deutet auf die großen Türen. **687**
Rex versteht und geht sogleich vor,
Um Lif direkt hinein zu führen.
"Wache! Schließt hinter uns das Tor,

Nur Sarah darf es noch passieren. **688**
Und Cody, wenn er noch erwacht."
Er wartet, bis sie salutieren,
Dann wird das Tor schon zugemacht.

Ruhe kehrt in dem großen Raum ein. **689**
"Sagt mir, Lif, wer ist die Dame?
Warum ließet ihr sie auch herein?"
"Marianne ist ihr Name,

Sie wollte König Miker sehen." **690**
"Und was kann ich nun für sie tun?

Versammlung der Getreuen
Miker

Ich hoffe, sie will nicht nur flehen,
Sonst kann ich wohl gar nicht mehr ruhn."

Die drei wenden sich der Stimme zu, **691**
Der König tritt aus den Schatten.
"Miker, ich erkläre es im Nu,
Auch wenn wir nicht viel Zeit hatten."

"Wartet, Lif, lasst es mich selbst sagen." **692**
Meldet Ria sich nun zu Wort.
"Mein König, darf ich es denn wagen?
Ich kam extra an diesen Ort."

"Natürlich dürft ihr zu mir sprechen, **693**
Wenn ihr darum gekommen seid,
Wir werden euch nicht unterbrechen.
Doch bitte braucht nicht zu viel Zeit."

"Ich versuche, mich schnell zu fassen." **694**
Dann erzählt sie die Geschichte,
Ohne Wichtiges auszulassen.
"All das, wovon ich berichte,

Ist erst am heutigen Tag passiert. **695**
Ihr habt bestimmt das Licht geseh´n.
Ich habe kein Detail korrigiert
Und deshalb muss ich nun hier steh´n.

Cyrill hat mir diesen Weg gezeigt.   **696**
Ich mag helfen, wenn ihr mich lasst,
Ich bin diesem Weg nicht abgeneigt!"
"Das war gut zusammengefasst,

Nun kann ich es besser verstehen.   **697**
Ria, ihr dürft bei uns bleiben,
All die Dinge, die hier geschehen...
Die Götter können uns leiten.

 Nun lasst..." Da öffen sich die Türen,   **698**
Der Lärm vom Gang dringt schnell herein,
Man kann die Aufregung noch spüren.
"Das sollte dann wohl Sarah sein."

"Mein König, sie bringt auch Tai´ko mit!   **699**
Was hat das nun zu bedeuten?"
Beide nähern sich mit schnellem Schritt.
"Rex, ich sage es mit Freuden:

Ich verdanke Tai´ko das Leben.   **700**
Du solltest mir wohl zustimmen,
Wenn wir ihm diese Chance geben.
Lasst uns mit dem Rat beginnen."

Unruhe in Garoth
Simon

Mal wieder ist eine Nacht vorbei, **701**
Über Garoth steigt die Sonne.
Doch schon vor dem ersten Hahnenschrei
Fehlt in den Häusern die Wonne.

"So kann es jedenfalls nicht bleiben! **702**
Er behandelt alle wie Dreck!
Er wird uns noch ins Unglück treiben!
Ich sage: Norok muss nun weg!"

Sie haben sich zu dritt getroffen, **703**
Früh am noch jungen neuen Tag.
"Jeden Tag wird nur gesoffen,
Hört, ich mache einen Vorschlag:"

Simon und Black hören gespannt zu. **704**
"Lasst uns doch zum König gehen."
Diese Worte beenden die Ruh.
"Oswald! Willst du es nicht sehen?

Was kann denn schon der König machen? **705**
Welcher König denn überhaupt?
Miker tut nichts, Rien wird lachen.
Beide haben ein schönes Haupt,

Es bietet der Krone genug Platz. **706**
Doch sonst gibt es da wohl nicht viel.
Der Plan ist jetzt schon für die Katz
Und er führt sicher nicht ans Ziel."

"Simon, das alles ist mir bewusst. 707
Aber ihr kennt die Geschichten.
Und es ist besser als dieser Frust.
Ihr wisst, was Händler berichten.

Beide Reiche rüsten sich zum Krieg. 708
Wenn wir es geschickt anstellen,
Dann wird es vielleicht auch unser Sieg.
Ihr müsst die Entscheidung fällen,

Denn einer von uns muss dann gehen, 709
Die andren Norok aufhalten.
Er darf von diesem Plan nichts sehen,
Sonst wird es unsre Stadt spalten."

"Einen Versuch ist es wirklich wert, 710
Doch wie wollen wir es machen?
Simon, es geht auch ohne das Schwert,
Das sind sehr wohl die Tatsachen.

Doch wir sollten dich, Oswald, senden. 711
Du kannst sehr gut überzeugen
Und dich an einen König wenden.
Du wirst dich ihnen nicht beugen.

Aber es ist ein sehr langer Weg. 712
Ich werd dich besser begleiten."
"Diese Reise ist ein Privileg.
Ihr solltet die Straßen meiden.

Ich werde Norok beobachten.　　　　　　　**713**
Kehrt bitte heil zu uns zurück
Und meidet alle großen Schlachten.
Glaubt mir, ich wünsche euch viel Glück."

Die drei fassen sich noch kurz am Arm,　　**714**
Ein Zeichen, dass der Plan nun steht.

Kurz vor Aurea
Reikon

"Reikon, ist es hier immer so warm?
Nur Sonne, wohin man auch geht!"

"Vergil, wir nähern uns Aurea. 715
Was hast du denn dort erwartet?
Sieh doch die goldenen Felder da,
Die Ernte hat fast gestartet.

Dieses Land ist sehr reich an Boden, 716
Oben wächst Weizen, unten Gold.
Einst taten sie die Wälder roden,
Behaupten, es war ungewollt.

Aber das war vor Isabells Zeit. 717
Sie kümmert sich um die Natur.
Felder, soweit das Auge auch reicht,
Aber es gibt auch grüne Flur.

Dennoch ist die Hitze hier normal, 718
Sie sorgt für zwei gute Ernten.
Die Bevölkerung ist frei von Qual,
Weil sie hier zu leben lernten."

"Reikon, du bist wie ein Rexikon. 719
Wie weit ist es noch nach Aurum?"
"Das fragtest du mich doch vorhin schon.
Langsam nehme ich es dir krumm.

Wir müssen das ganze Land queren, **720**
Das wird wohl noch etwas dauern.
Aber lass nun die Krüge leeren,
Sonst tun wir hier noch versauern.

Und schick mir doch Xaneran nach vorn." **721**
Vergil grüßt und geht zur Truppe.
Rei betrachtet das wehende Korn,
Dann blickt er zu seiner Gruppe.

Es sind mittlerweile zwei Wochen **722**
Seit der Trupp aufgebrochen ist.
Sie merkens alle in den Knochen,
Doch es war eine kurze Frist.

Da stört ihn Xaneran beim Denken: **723**
"Hauptmann, ihr habt nach mir geschickt?"
"Ja, ich muss unsre Wege lenken.
Noch haben wir keinen erblickt,

Der uns an der Grenze erwartet. **724**
Xaneran, das gefällt mir nicht.
Bevor hier noch ein Kampf ausartet:
Besorge mir einen Bericht.

Erkunde doch bitte das Gebiet. **725**
Du kannst auch Keldan mitnehmen.
Wenn einer von euch zwei etwas sieht,
Dann tut euch nicht gleich auflehnen.

Kehrt dann umgehend zu mir zurück." **726**
"Jawohl, Hauptmann!" "Du kannst gehen.
Warte. Ich begleite euch ein Stück,
Ich muss nach der Truppe sehen."

Spion in Askir
Rien

Es klopft laut an die Zimmertüre. **727**
"Mein König! Hier ist ein Bote!
Entschuldigt, dass ich sie her führe,
Es ist die Taube. Die Rote."

Rien öffnet langsam die Augen. **728**
"Wartet kurz, ich komme sogleich.
Die Nachricht sollte etwas taugen,
Das wäre für euch sehr hilfreich."

Der König erhebt sich aus dem Bett, **729**
Sheitan liegt noch auf den Laken.
Selbst im Schlaf wirkt sie auf ihn adrett.
Er will es ihr ewig sagen.

Jedoch muss er die Taube holen, **730**
Sheitan hat sie ihm einst geschenkt,
Selbst Seraths Schrein dafür bestohlen,
Seine Kraft in das Tier gelenkt.

Der Vogel wurde schnell wie der Wind, **731**
Doch leider wurde er auch Rot,
So dass seine Flüge selten sind,
Nur in der allergrößten Not.

Das Tier sollte noch in Askir sein, **732**
Bei seiner Agentin vor Ort.
Er geht in den Vorraum. "Kommt herein,
Gebt mir das Tier und dann geht fort!"

Die Wache tut wie ihr befohlen. **733**
Die Taube scheint unruhig zu sein.
"Nun, dann lass uns doch Sheitan holen."
Sagt Rien sich und geht hinein.

Die Frau ist mittlerweile erwacht, **734**
Sie erwartet den König schon.
"Rien, was hast du denn schon gemacht?
Bist wohl süchtig nach deinem Thron?"

Da sieht sie auf Riens Arm das Tier. **735**
"Warum schickt Amber die Taube?
Wir hatten den Vogel lang nicht hier,
Weil ich es ihr nicht erlaube!"

"Sie wird wohl ihre Gründe haben. **736**
Das Tier hat einen Brief am Bein,
Du weißt, warum wir es ihr gaben.
Dies lohnt sich nun, so ist der Schein."

Rien entrollt das kleine Papier **737**
Und liest die geschriebnen Worte:
Großer König, eure Amber hier.
Es geschieht an diesem Orte,

Was ich euch wohl kaum beschreiben kann. **738**
Die ganze Stadt ist hoch erregt.
Miker ist ein unfähiger Mann,
Doch er hat die Freundschaft gepflegt.

Ich hab mich in die Burg geschlichen, **739**
Um ihn für euch zu bewachen,
Bin vielen Wachen ausgewichen,
Musste auch Umwege machen.

Doch schließlich habe ich sie gehört, **740**
Durch die dünne Fensterscheibe.
Zwar sind sehr stark verstört,
Doch es ist, wie ich euch schreibe:

Königsrat
Miker

"Ihr wisst alle, was geschehen ist!"   **741**
Wirft der König in die Runde.
"Unsere Feinde kamen mit List,
Sowie zu nächtlicher Stunde.

Keiner von uns hier hat geschlafen.   **742**
Rex, sag, was ist mit den Toten?"
"Fejron hier oben, zwei im Hafen,
Das berichten meine Boten.

Alle drei von hinten erstochen   **743**
Auch hat es niemand gesehen,
Wer diese Morde hat verbrochen.
Außer denen, die hier stehen."

Sogleich meldet Taí´ko sich zu Wort: **744**
"Die Männer waren erfahren,
Ehe man sich versah wieder fort.
Wir wissen nicht, wer sie waren.

Doch lasst mich fragen, was ich hier soll.   **745**
Ich saß eben noch im Kerker
Und der ist nicht gerade sehr toll.
Dies alles ist nicht mein Ärger."

"Und doch habt ihr mein Leben bewahrt."   **746**
Wendet sich Miker an den Mann.
"Ihr kämpftet sicher, ihr kämpftet hart.
Ihr seid ein Mann, der helfen kann.

Deshalb hab ich euch holen lassen. **747**
Wir können euch wohl vertrauen
Und ihr könnt auf euch selbst aufpassen.
Darum lasst mich auf euch bauen.

Ich bitte euch, helft meinen Mannen. **748**
Helft, meine Tochter zu finden
Und die bösen Mächte zu bannen.
Sie dürfen das Land nicht binden."

Er blickt Tai´ko hoffend ins Gesicht **749**
Und sucht die Antwort zu lesen.
Aber der König vermag es nicht.
Tai´ko hat ein stilles Wesen.

Er antwortet erst nach langer Zeit: **750**
"Ich will erfüllen die Bitte,
Denn ich bin dazu sehr wohl bereit.
Was sind unsre ersten Schritte?"

"Wir müssen diese Männer finden **751**
Und somit Lynn zurück holen."
Kann Lif sein Schweigen überwinden.
"Doch sie haben mehr gestohlen."

"Lif, was willst du und damit sagen? **752**
Was haben wir übersehen?"
"Rex, du weißt es ohne zu fragen,
Bedenke doch das Geschehen!

Es war ausgerechnet heute Nacht. **753**
Eine Nacht, die voller Wunder war.
Schließlich hat Zephyr uns gelacht
Und brachte uns Ria hier dar.

Das hat die Menschen hoffen lassen. **754**
Aber bedenkt, was nun geschieht,
Wenn wir unsre Chance verpassen
Und das Böse von dannen zieht.

Sie werden den Glauben verlieren **755**
Und, noch schlimmer, den Kampfwillen.
Dann wird der Feind Ila Dûn zieren.
Wir müssen handeln. Im Stillen."

Sarah kann den Ohren nicht trauen: **756**
"Lasst mich ein paar Worte sagen.
Ihr wollt auf unsre Hilfe bauen,
Dann tut uns die Wahrheit sagen.

Warum befürchtet ihr einen Krieg?" **757**
Es kehrt betret´nes Schweigen ein.
"Wir hofften bisher auf einen Sieg..."
Setzt Rex an, lässts dann aber sein,

Da Miker das Wort an sie richtet: **758**
"Rien bewegt seine Truppen,
Das wurde uns schon lang berichtet.
Es warn immer kleine Gruppen,

Kein Grund, sich groß Sorgen zu machen. **759**
Das änderte sich vor Tagen.
Er wird die Armee ganz entfachen,
Wir mir die Spione sagen.

Es sammelt alle Mann vor Grenzstadt." **760**
Plötzlich ergreift Ria das Wort:
"So, wie Cyrill es mir gezeigt hat.
Doch Grenzstadt ist der falsche Ort...

Ich sah Felder, wo Feuer brennen **761**
Doch keine Städte weit und breit.
Ich kann euch den Ort noch nicht nennen
Und fürchte, dafür sorgt die Zeit."

"Nun, darauf können wir nicht achten. **762**
Im Krieg brennt Feuer überall
Und wer weiß schon zu welchen Schlachten
Uns hinführt dieser Überfall.

Der Krieg besteht bisher aus Worten, **763**
Lasst euch davon nicht einbinden.
Nur Rex und ich ziehen nach Norden.
Ihr müsst meine Tochter finden!

Und bitte bringt sie lebend zurück. **764**
Ria, wirst du sie begleiten?
Vielleicht bringt uns das etwas mehr Glück.
Möge Zephyr mit dir schreiten.

Lif, Tai´ko, Sarah, seid ihr dabei? **765**
Werdet ihr dieses für mich tun?"
Ria nickt, auch die anderen drei:
"Miker, wir werden nicht mal ruh´n."

"Ich danke euch!", ruft der König froh, **766**
"Dann lasst uns das sogleich planen."

Spion in Elysion
Rien

Mehr vernahm ich nicht, bevor ich floh.
Rien, ihr könnt sicher ahnen

Warum ich euch die alles schreibe **767**
Auf diesem allerschnellsten Weg.
Ist es noch nötig, das ich bleibe?
Er weiß es, dies ist der Beleg.

Rien knüllt den Brief voll Zorneswut, **768**
Er dachte, er hat viel mehr Zeit.
Was auf dem Papier steht ist nicht gut,
Denn König Miker weiß Bescheid.

Grenzstadt sollte längst gefallen sein, **769**
Bevor die Kunde ihn erreicht.
Es ist unabhängig, steht allein,
Die Städter dort sind längst verweicht.

Nun wird alles sehr viel schwerer sein. **770**
Spione in seinen Reihen.
"Sheitan, hol sofort den Herold rein.
Es ist Zeit für Blut und Schreie."

Eine unerwartete Reise
Tristan

Er weiß ganz genau, wohin er muss, **771**
Nach Westen, zur Feuermine,
Dann weiter zum Shél, dem großen Fluss.
Dort steht wohl eine Ruine.

Ein hoher Turm, einst erbaut zur Wacht, **772**
In Zeiten voll Aberglauben.
Im Knochensumpf, in mondheller Nacht,
Sollen Geister Seelen rauben.

Nie kehrte jemand daraus zurück. **773**
Tristan ist bereit zu gehen.
Jedoch nicht allein, zu seinem Glück,
Er muss die Gruppe bald sehen.

Er kann es immer noch nicht glauben, **774**
Der Hund steht an seiner Seite,
Es wird ihm noch den Verstand rauben!
"Na komm, Kleiner, nur wir beide.

Lass uns gehen, so ist es bestimmt." **775**
Ein letzter Blick zurück aufs Haus,
Sein Heim, von dem er nicht viel mitnimmt.
Er mochte es, wollte nie raus.

"Was meinst du, Hund, wo wohl Amber ist? **776**
Ich würde gern Lebwohl sagen."
Fenris blickt ihn an, Augen voll List,
Der Hund würde alles wagen.

Sie wenden die Schritte nach Westen, **777**
Suchen die Straße zu finden,
Er muss dorthin, zu Mikers Besten,
Um den Weg zu überwinden.

Sie werden kommen, so muss es sein. **778**
Der Drache hat es ihm gezeigt,
Mit Feuer in seine Hand hinein.
Den Blick darauf geht er und schweigt,

Ganz in Gedanken tief versunken, **779**
In die Sonne, den neuen Tag,
Im Herzen einen kleinen Funken,
Der ihm Hoffnung gewähren mag.

Die Drachenbilder auf seiner Hand **780**
Kreisen noch immer um die Zahl,
Deren Sinn er lange nicht verstand
Und das gereichte ihm zur Qual.

Doch nun sieht er alles richtig klar, **781**
Sie ändert sich, keine Frage,
Und klingt es auch noch so wunderbar:
Sie läuft rückwärts. Zeigt ihm Tage.

Infiltration
Nath

Bisher hat alles funktioniert **782**
Wie Ra'ar es ihnen gesagt hat.
Der Weg war ruhig, nichts ist passiert,
Niemand rührte sich in der Stadt.

Schnell hatten sie Sigmunds Haus erreicht, **783**
Dahinter den Schacht gefunden.
Der Abstieg in diesen war recht leicht,
Mit dem Seil schnell überwunden.

Sie sitzen nun am Grund und warten, **784**
Warten auf die Mitte der Nacht.
Erst dann sollen sie von hier starten,
Genauso ist es ausgemacht.

Dolche in der Brust
Ra'ar

Ra'ar indes streift durch enge Gassen, 785
Der große Marktplatz ist sein Ziel.
Er würde sich gerne Zeit lassen,
Doch davon hat er nun nicht viel.

Dennoch betrachtet er sie voll Stolz, 786
Die Häuser zu seinen Seiten.
Manche aus Stein und manche aus Holz,
Wie gern tut er doch hier schreiten.

Einst war er Mitglied im Tribunal, 787
Bis Sigmund kam. An jenem Tag.
Noch heute denkt er oft an die Qual
Mit der er in seinem Bett lag.

Vier scharfe Dolche in seiner Brust, 788
Einer nur knapp neben dem Herz.
Noch heute spürt er den tiefen Frust,
Der lange folgte auf den Schmerz.

Durch ein Wunder hat er überlebt 789
Und wurde doch für tot erklärt
Damit er keinen Anspruch erhebt
Und seinen Platz wieder begehrt.

Damals ging er in den Untergrund, 790
Doch das ist heute Nacht vorbei,
Denn um Mitternacht schlägt seine Stund,
Dann ist er endlich wieder frei.

Endlich hat er den Marktplatz erreicht,	**791**
Er schaut sich um, er ist allein.	
Bisher war der Weg doch ziemlich leicht,	
Das wird nicht mehr lange so sein.	

Er nimmt das Öl und auch das Feuer,	**792**
Geht mit beidem hin zum Galgen,	
Der Tribun Sigmund ist so teuer.	
Ra'ar entzündet den Querbalken.	

Kapitel 5: Zeit der Vergeltung
Es ist so weit
Nath

"Stan, hörst du das? Es ist wohl so weit." **793**
"Ja, Nath. Der große Galgen brennt,
Ich hör die Schreie. Bist du bereit?"
"Natürlich." "Dann komm, die Zeit rennt,

Wir müssen die Wand dort durchbrechen **794**
Und dann die Beweise finden.
Denk dran ab nun nicht mehr zu sprechen.
Dann dürften wirs überwinden."

Feuer in Grenzstadt
Ra'ar

Ra'ar steht nun wieder in den Schatten,	795
Betrachtet die Menschenmassen,	
All die, die ihn einst gewählt hatten.	
Er kann es einfach nicht fassen.	

Sigmund steht groß in ihrer Mitte,	796
Er gafft in die Glut, die tiefe.	
Da hört der Mann hinter sich Schritte.	
"Ra'ar, es stimmt, hier sind die Briefe."	

"Ich wusste es, danke euch beiden.	797
So ist es nun wohl an der Zeit."	
Er beginnt zum Feuer zu schreiten,	
Niemals schien ihm ein Weg so weit.	

Direkt vor dem Galgen bleibt er stehn,	798
Dreht sich um, beginnt zu sprechen.	
"Liebe Freunde, lange nicht gesehn.	
Zuletzt wohl vor dem Verbrechen."	

Über dem Platz kehrt Stille ein	799
Als die Menschen ihn erkennen.	
"Ich durfte lange nicht bei euch sein,	
Würde gern die Gründe nennen.	

Wir wurden allesamt verraten.	800
Von Sigmund. Die Gefahr ist groß.	
Ein nicht zu behebender Schaden,	
Denn Rien kommt. Ein Sturm bricht los."	

Der Mann wartet einen Augenblick, **801**
Er wartet, bis das Volk versteht.
Dann spricht er weiter, mit viel Geschick,
Während die Stille schnell vergeht.

"Beruhigt euch, Freunde, noch ist Zeit!" **802**
Seht, dieser Brief ist mein Beweis,
Seht nur, Sigmunds Augen werden weit."
Ra'ar spürt das Feuer, warm, fast heiß,

Der Galgen liefert ihm viel Nahrung. **803**
"Wir fanden ihn in seinem Haus,
Ich kenne es ja aus Erfahrung,
Denn Sigmund warf mich selber raus.

Holt Tom herbei, er soll ihn lesen, **804**
Dann seht ihr, dass alles wahr ist.
Ich bin lange nicht hier gewesen,
Bekam doch damals eine Frist

Diese Stadt sehr schnell zu verlassen **805**
Wenn ich noch weiter leben will.
Ich könnte mich nun selber hassen
Weil ich gefolgt bin dem Unbill."

In diesem Moment trifft ihn ein Pfeil, **806**
Er dringt tief in seinen Rücken.
Die Menschen schreien, fürchten Unheil
Und Sigmund grinst vor Entzücken.

Ra'ar hört die Schwerter noch im Fallen, **807**
Schwerter, die auf Schilde schlagen,
Und er sieht auch die Feuer wallen
Wo eben noch die Häuser lagen,

Dann schlägt der Mann auf den Boden auf. **808**

Revolution
Nath

Nath wollte noch warnen, schreien,
Er sah doch noch den silbernen Knauf
Mitten in den Menschenreihen.

Er wusste sofort: Das ist ein Schwert. **809**
Er hat doch selbst eines dabei.
Aber dann fiel Ra'ar, den er verehrt
Und er sah rot, lies den Zorn frei.

Er sieht nur Sigmund zu Ra'ar gehen, **810**
Einen Dolch fest in seiner Hand.
Der Tribun bleibt direkt vor Ra'ar stehen,
Nur ein Stück weg vom Feuerrand,

Ein Schatten vor dem rotem Wüten. **811**
Nie zuvor ist Nath so gerannt,
Er muss Ra'ar vor Sigmund behüten.
Er überspringt den Marktstand,

Dann noch wenige Meter laufen, **812**
Bevor er Sigmund erreicht hat.
Er stößt ihn in den Scheiterhaufen,
Einstmals der Galgen dieser Stadt.

Schrille Schreie dringen an sein Ohr, **813**
Dann ist es still, einfach nur still.
Nath geht zu Ra'ar, er kniet sich davor,
Weiß nur, dass er ihm helfen will.

Ra'ar liegt vor ihm, er bewegt sich nicht. Er liegt nur da und atmet flach. Am Horizont strahlt das erste Licht Durch den Rauch über jedem Dach.	**814**
Man hört den Klang von lauten Hufen Und Reiter stürmen auf den Platz. Nath hört diese Befehle rufen, Außer Atem, in großer Hatz.	**815**
„Was ist in dieser Nacht geschehen? Ra'ar, wach auf und sage es mir! Du hast es nicht vorausgesehen! Steh doch auf, ich rede mit dir!"	**816**
Auch Stan eilt in des Platzes Mitte, Unter Tränen kniet sein Freund dort. Nath hört nicht einmal seine Schritte, Stan hilft ihm auf und führt ihn fort.	**817**
Ein Mann stellt sich ihnen in den Weg, Es ist Tom, er winkt ihnen zu, Sucht anscheinend noch nach Ra'ars Beleg, Will sie sprechen, nicht hier, in Ruh.	**818**
Sie wissen, sie müssen ihm folgen Und passen sich an seinem Lauf. Die Frühsonne bricht durch die Wolken Und von der Rhûn steigt Nebel auf.	**819**
Ra'ar wird auf eine Trage gelegt, Von Ärzten, wohl Grenzstadts Beste, Darum steh'n Menschen und tief bewegt Blicken sie auf Sigmunds Reste.	**820**

Aurea brennt
Reikon

"Die wievielte Gruppe war das nun? **821**
Das findet ja gar kein Ende!
Rei, die Männer müssen auch mal ruh´n!"
"Ich habe keine Einwände.

Aber wir haben nicht lange Zeit, **822**
Das ist hier ein Zermürbungskrieg.
Du siehst: Aurea brennt weit und breit.
Auch die paar Männer sind kein Sieg."

"Wir sollten einen lebend fangen." **823**
"Lass uns die Herzogin retten,
Zu lang haben wir hier gehangen,
Danach greifen wir zu Ketten."

"Ich sehe das Schloss in der Ferne, **824**
Ebenso die Feuer brennen.
Ich folge dir lange und gerne,
Tu mir doch einen Grund nennen

Warum dir dies hier so wichtig ist! **825**
Du riskierst all unsre Leben!"
"Es tut mir Leid, doch noch läuft die Frist.
Ich kann die Antwort nicht geben,

Das habe ich dereinst versprochen. **826**
Ich bitte dich: Hab Vertrauen."
"Ich hätte schon mit dir gebrochen,
Würde ich nicht darauf bauen.

Aber trotzdem gefällt es mir nicht." **827**
"Mir auch nicht." sagt Rei im aufsteh´n.
"Komm, Vergil, noch haben wir hier Licht.
Lass uns endlich zur Hauptstadt geh´n."

Königssport
Miker

"Mein König, lasst mich euch begleiten! **828**
Bitte, was soll ich denn sonst tun?
Ich möchte hier nicht einsam leiden."
"Cody, du solltest dich ausruh´n.

Fejron´ Verlust war sehr hart für dich." **829**
"Eben ihn muss ich nun ehren,
Darum habt doch vertrauen in mich!"
"Und wenn wir nicht wiederkehren?"

"Dann hat unser Schicksal das bestimmt **830**
Und es sollte nicht anders sein.
Aber wer und auch das Leben nimmt:
Wir sterben dabei nicht allein."

"Eine gute Antwort. Ab mit dir. **831**
Melde dich bei deinem Hauptmann.
Sage ihm, du reist direkt mit mir."
"Danke, mein König. Dann bis dann."

Miker blickt Cody lang hinterher. **832**
"Rex, sage mir, war das richtig?"
"Ich fürchte, diese Antwort ist schwer,
Doch es war ihm wirklich wichtig.

Cody wird eine Rolle haben **833**
Von der wir noch gar nicht wissen."
"Es gibt wahrlich genug Aufgaben.
Nun denn, lass die Banner hissen.

Wir ziehen los, Grenzstadt ist noch weit **834**
Und König Rien schon fast dort.
Wir haben viel, aber keine Zeit.
Die Welt war mal ein bessrer Ort."

Der König blickt zu seinem Schachspiel. **835**
Genau wie vor vielen Jahren
Als er diesem Königssport verfiel.
Als er und Lif jünger waren.

Er saß damals noch nicht auf dem Thron, **836**
Doch an dessen rechter Seite.
Oh ja, er half seinem Vater schon
Bei Geschäften von Tragweite.

Durch Zufall lernte er sie kennen, **837**
Hatte sofort sein Herz verlor´n,
Konnte ihren Namen nicht nennen,
Hatte sie dennoch schon erkor´n.

Dieses Mädchen wollte er zur Frau. **838**
Aya. Sie war nicht von Adel,
Aber schöner als der Morgentau,
Einfach ohne jeden Tadel.

Sie war es, die ihm Schach beibrachte, **839**
Obwohl ers nicht leiden wollte.
Sie war es auch, die immer lachte
Und immer bei ihm sein sollte.

Aber dann kam dieser Fieberkrampf, **840**
Kein Heiler konnte etwas tun
Und Aya verlor den letzten Kampf,
Musste in Ewigkeit nun ruh´n.

Die Trauer brach sein noch junges Herz, **841**
Brachte ihn selbst dem Tode nah,
Er fühlte nur noch das Leid, den Schmerz.
Da stand der Junge plötzlich da.

Er sah das Messer in seiner Hand, **842**
Den jungen Blick voller Wut,
Sah sein schönes, doch altes Gewand.
"Tut es nur, dann wird alles gut,

Lass mich nicht lange darum bitten, **843**
So kann ich wieder bei ihr sein.
Hab ich denn nicht genug gelitten?"
"Lange wollte ich hier herein

Und Aya rächen mit eurem Blut. **844**
Nun hab ich es endlich geschafft,
Doch plötzlich verlässt mich mein Mut.
Ich bin nicht Ihr, mir fehlt die Kraft."

"Ich erkenne eurer Stimme Klang **845**
Sowie auch diese Ähnlichkeit.
Noch jemand, den der Kummer verschlang.
Bitte, Lif, ich bin längst bereit."

Er sah das Zittern seiner Hände, **846**
Wie er das Messer langsam hob,
Wartete auf sein bald´ges Ende.
Dann, unerwartet, kam ein Lob.

"Ihr habt ein sehr schönes Schachbrett hier. **847**
Seid Ihr dieses Sportes mächtig?
Wenn ja, wagt bitte ein Spiel mit mir."
"Ja, es ist wertvoll und prächtig,

Es war einmal Ayas ganzer Stolz. **848**
Sie hat mir das Spiel beigebracht,
Mit diesem Kleinod aus Edelholz.
Wir haben Nacht für Nacht durchwacht."

"Ich schenkte ihr ihr erstes Schachbrett, **849**
Habe es selbst aus Holz gemacht.
Sie lag früher sehr oft krank im Bett,
Hat viel gelesen und gedacht.

Partie um Partie spielten wir dann." **850**
"Dann werdet ihr mich schnell schlagen,
Dennoch werde ich tun was ich kann.
Setzt euch, lasst uns ein Spiel wagen."

Aus einer Partie wurden dann drei, **851**
Aber gewonnen hat er nicht.
Doch ihre Freundschaft entstand dabei.
Durch ihr Spiel und das blaue Licht.

Es war plötzlich da, neben ihnen, **852**
Er kanns heut noch nicht verstehen.
Darin ist die Rose erschienen,
Er hat es damals gesehen.

Sie flog zu Lif und ist verschwunden. **853**
Nie mehr haben sie sie geseh´n.
Dann, an keinen Körper gebunden,
Die Worte, fast nicht zu versteh´n:

Eine Rose reinster Herzenskraft, **854**
Lebensfeuer mit Eis bedeckt,
Durch Mut, Liebe und echte Freundschaft
Wird ihr Lied in der Not erweckt.

"Mein König, die Truppen steh´n bereit!" **855**
Reißt es ihn nun wieder zurück.
"Schon, Peter? Nun, dann ist es so weit.
Ziehen wir zu unsrem Unglück."

Die Gefährten
Lif

"Tai´ko, sind wir hier wirklich richtig? 856
Ich kann keine Spuren sehen."
"Die Spuren sind nur selten wichtig.
Man muss dem Gefühl nachgehen."

"Wir sind hier weil Ihr den Weg erfühlt? 857
Wollt Ihr mir das damit sagen?"
Fragt Sarah Tai´ko leicht unterkühlt.
"Wir müssen es einfach wagen.

Glaubt mir, ich kenne diese Wälder." 858
"Ich hörte, ihr fangt hier oft Wild.
Warum flieh´n die nicht durch die Felder?"
"Das wäre ein sehr schönes Bild,

Man könnte die überall sehen." 859
"Hört ihr auch mal auf zu streiten?
Sonst bleibe ich einfach hier stehen."
Fragt Ria von vorn die beiden.

"Das geht nun seit fast einer Stunde! 860
Ich sag ja nicht, dass es mich stört..."
"Ihr seid alle schlimmer als Hunde.
Still nun, ich hab etwas gehört!"

Bringt Lif die andren drei zum Schweigen 861
Und zeigt auf den Pfad zur Linken.
"Vielleicht sollten wir uns nicht zeigen."
"Zu spät. Seht ihr ihn nicht winken?

Man konnte euch schon lange hören, **862**
Da hätt verstecken nichts gebracht."
"Hallo, ihr vier, darf ich kurz stören?
Wenn es keine Umstände macht."

"Natürlich dürft ihr, kommt nur herbei." **863**
Sagt Lif ohne groß zu warten.
"Ich regle das schnell. Bleibt hier, ihr drei,
Wir werden gleich wieder starten."

Flüstert er seinen Begleitern zu. **864**
"Sagt mir: Was ist euer Begehr?"
"Ich bin Tristan, sagt doch einfach du.
Lang ging ich euch hinter euch her

Und wagte nicht euch anzusprechen. **865**
Nun fehlt uns aber bald sie Zeit
Bevor die Lande hier zerbrechen.
Der Weg vor uns ist noch sehr weit.

Keiner von euch hier wird mich kennen, **866**
Das ist mir nur zu gut bewusst,
Doch lasst mich einen Namen nennen..."
Da sitzt ein Schwert auf seiner Brust.

Zeitgleich kommt ein Knurren aus dem Wald **867**
Und ein Hund tritt aus dem Schatten,
Von beinahe riesiger Gestalt.
"Tai´ko! Was geht hier vonstatten!

Warum hast du das Schwert gezogen?" **868**
"Er folgt uns, Ihr habt es gehört.
Was nun noch kommt wäre gelogen."
"Vielleicht, hättest du nicht gestört.

Wir sollten nie zu früh urteilen." **869**
"Und was ist mit dem Riesenhund?
Der will uns wohl Kekse austeilen?"
"Jungs, das wird mir alles zu bunt."

Ria stellt sich zwischen die beiden. **870**
"Du, Taiˊko, nimmst das Schwert runter.
Wir sollten einen Kampf vermeiden.
Denn es wäre echt ein Wunder

Wenn wir gegen den Hund bestehen." **871**
Widerwillig macht Taiˊko dies,
Jedoch ohne kurz wegzusehen,
Und steckt es locker in den Kies.

"Nun, Tristan, was hast du zu sagen? **872**
Ich hoffe, es ist sehr wichtig."
"Ich würde die Vermutung wagen...
Du bist Marianne, richtig?"

Ria antwortet nur mit Nicken. **873**
"Ich wusste es. Fenris! Komm her."
Der Hund bleibt stehn, mit treuen Blicken.
"Nun, zumindest läuft er nicht mehr.

Ich habe ihn noch nicht sehr lange. **874**
Cyrill hat uns zu dir geschickt.
Eh ich mit erzählen anfange:
Du hast den Drachen selbst erblickt?

Dann nimm dieses hier als ein Zeichen, **875**
Dass ich euch die Wahrheit sage.
Sieh auf meine Hand, es wird reichen."
"Das...das ist die Drachenwaage!

Ich kenne sie aus den Legenden! **876**
Sie zeigt an, wann HeiMei erwacht!"
"Ich weiß. Noch lässt sie sich abwenden,
Die kommende, ewige Nacht.

Deshalb soll ich euch auch begleiten **877**
Und euch helfen Lynn zu retten.
Ich kenn den Weg, lasst mich euch leiten."
"Darauf würde ich nicht wetten.

Ich traue diesen Drachen kein Stück **878**
Wenn sie sich bei uns einmischen."
"Tai´ko, die Götter sind unser Glück."
Geht nun Sarah noch dazwischen.

"Selbst hätten wir Lynn nie gefunden, **879**
Sie verwischen ihre Spuren.
Schau, das Mal. So wenige Stunden...
Doch was sind das für Konturen?"

"Das ist der Weg, in Drachenzeichen, **880**
Eine Schrift aus sehr alter Zeit.
Mein Wissen drüber sollte reichen,
Aber es scheint, das Ziel liegt weit."

Sagt Sarah, ohne aufzublicken. **881**
"Lif, bitte, er muss mitkommen."
Der Mann stimmt zu, mit schnellem Nicken.
"Tristan, Ihr seid aufgenommen.

Zeigt uns den Weg, es ist nicht viel Zeit." **882**

Auszug der Armee
Faolan

Sie stehen über Askirs Tor,
Als wär dort eine Feierlichkeit.
Mac beugt sich noch ein wenig vor:

"Was ein Schauspiel aus traurigen Grund! 883
Doch fürs Geschäft nicht allzu schlecht."
"Mac, ihr seid ein alter, schlauer Hund
Dennoch geb ich euch hier nicht recht.

Dort laufen viele gute Kunden 884
Und alle kehren nicht zurück.
Viele erliegen bald schon Wunden,
Nur die wenigsten haben Glück"

"Faolan, Miker weiß, was er tut. 885
Wir können ihm nur vertrauen.
Wir alle brauchen nun unsren Mut
Wenn wir in die Zukunft schauen."

"Dort sind nur elternlose Kinder, 886
Wie ich, und Berge von Leichen.
Mac, bald schon wird es wieder Winter.
Wird dann unsre Nahrung reichen,

Wenn niemand unsre Felder bestellt?" 887
"Das wissen die Götter allein.
Der Krieg ist nicht das Ende der Welt,
Das weißt du. er darf es nicht sein."

"Möge Zephyr das gleiche denken. **888**
Komm, wir gehen wieder hinein,
Ich muss mir einen einschenken.
Dich lade ich heute mal ein. "

Sie schauen noch einmal nach unten, **889**
Wo die Armee gen Norden zieht
Und das schon seit mehreren Stunden.

Schlacht um Aurea
Reikon

"Rei, sieh, dort drüben, einer flieht!"

"Keldan, dein Bogen, halte ihn auf!"   **890**
Schreit Reikon seinem Schützen zu.
"Die Feinde kommen heute zu Hauf,
Ist denn nicht langsam bald mal Ruh?"

Er stößt einen Gegner nach hinten   **891**
Und setzt mit Hieben hinterher.
"Wir müssen noch etwas Zeit schinden!
Keldan, zieh ihn aus dem Verkehr!

Vergil, decke Keldan den Rücken.   **892**
Lethis Truppen kommen schon bald!
"Xaneran, Ferion, vorrücken!
Treibt sie zur Linken in den Wald!"

Rei tötet den Feind mit einem Streich,   **893**
Dann hört er endlich das Signal.
Aurea ist nur ein kleines Reich,
So war er Lethis erste Wahl

Um ihre Truppen zu verstärken,   **894**
Dennoch war er fast Chancenlos,
Das musste der Hauptmann schnell merken,
Die Gegnermenge ist zu groß.

Doch mit den Truppen aus der Hauptstadt,   **895**
Die Lethi ihm noch zugestand
Wendete sich hier schon bald das Blatt.
Trotzdem brennt fast das ganze Land.

"Rei! Rechts von dir!" Hört er Vergil schreien **896**
Und hebt das Schild, wehrt den Hieb ab.
"Männer, zurück in eure Reihen!
Die Armee kommt zu uns herab,

Treibt den Feind dort rüber, zur Lichtung, **897**
Dort kann er sich nicht verstecken!"
Rei weist mit seinem Schwert die Richtung,
Um Aufmerksamkeit zu wecken.

Doch sein Trupp hat es schon verstanden **898**
Und alles läuft wie oft trainiert.
"Lasst sie gegen die Schilde branden,
Und richtig, nicht so affektiert."

Er selbst streckt noch zwei Gegner nieder, **899**
Sieht zur Rechten noch fünf fallen,
Dann hört er Lethis Kriegshorn wieder
Zwischen den Bäumen durch hallen.

Danach ist alles sehr schnell vorbei, **900**
Aureas Truppen stoßen zu,
Reißen die Feindstellung so entzwei,
Dann ist eine gespenstisch Ruh´.

Der Turm fällt
Azusa

"Timothy! Was soll das nun werden? 901
Mach gefälligst das Feuer aus!"
"Du sagtest mir: Geh zu den Pferden.
Also bin ich direkt hier raus.

Und bevor du fragst: Mir ist es kalt. 902
Also hab ich Feuer gemacht."
"Und nun sag ich: Mach es wieder aus!
Man siehts meilenweit durch die Nacht!"

"Langsam find ich das übertrieben. 903
Wer soll uns denn hier schon finden?
Wärst du doch bei dem Balg geblieben
Anstatt mich nun hier zu schinden."

"Wie wagst du es mit mir zu sprechen?" 904
"Rizzy, du bist nicht Azusa.
Ich nehm keine Befehle von dir."
"Ruhe ihr zwei! Der Feind ist nah!"

"Ach, Greer, jetzt gibst du die Befehle? 905
Sonst noch etwas, das ich nicht weiß?"
"Du hast ein Messer an der Kehle."
"Azusa! Nun mach keinen Scheiß!"

Er kam von hinten angeschlichen, 906
Ohne dass man ihn kommen sah.
"Nun, Rizzy, wärst du fast verblichen.
Nächstes Mal erfährst dus hautnah.

Und jetzt jeder auf seinen Posten! **907**
Die Nacht ist heute viel zu still.
Ihr werdet uns das Leben kosten."
"Das ist es, was ich sagen will,

Aber ihr schafft es auch gut allein." **908**
Alle vier fahren sie herum.
"Wer bist du? Wie kommst du hier herein?"
"Ich bitte dich, stell dich nicht dumm.

Ich bin Tai´ko und dort ist die Tür. **909**
Oder das Tor. Ist ja ein Stall."
"Du wirst sterben, Tai´ko. Sag: Wofür?"
"Siehst du? Wieder solch ein Zufall.

Genau das wollte ich auch sagen. **910**
Wer hier stirbt steht aber noch aus.
Ich will mal eine Kühnheit wagen
Und geh einfach wieder hier raus."

Bevor jemand reagieren kann **911**
Tut Tai´ko schon wie grad gesagt.
"Greer! Timothy! Schnappt euch diesen Mann!
Er hat heute zu viel gewagt."

"Ihr könnt es natürlich versuchen, **912**
Doch ich denke, es ist vorbei."
Azusa unterdrückt sein Fluchen.
"Ach ja: Lynn ist schon wieder frei.

Der König lässt Grüße ausrichten." **913**
Lif kommt von der andren Seite.
"Jetzt reicht es! Ich werde euch vernichten!"
"Lass dein Schwert doch in der Scheide.

Ihr seid gescheitert, seht es doch ein." **914**
"Ihr seid zu zweit und wir sind vier."
"Nun stell dir doch nicht noch selbst ein Bein!
Wir drei sind schließlich auch noch hier."

Sagt Sarah und tritt aus den Schatten, **915**
Tristan und Ria neben sich.
"Wo wir schon das Vergnügen hatten.
Fünf gegen vier. Irre ich mich?"

"Wir werden euch dennoch besiegen! **916**
Und auch das Gör wieder kriegen!"
Er sieht Lynn hinter ihnen liegen.
"Nie könnt ihr euch sicher wiegen.

Wir werden in den Schatten lauern **917**
Bevor die Sonne morgen steigt.
So wird es nicht sehr lange dauern
Bis ihr fünf bald für immer schweigt."

"Nun, das wird sicher nie passieren. **918**
Tristan, es ist dann an der Zeit."
"Die Katzen werden nie verlieren!
Greift an ihr drei! Es ist so weit!"

In dem Moment erbebt die Erde **919**
Und der Turm neigt sich zur Seite.
Im Stall wiehern lautstark die Pferde.
Dann fällt er auf ganzer Breite.

Man kann vor lauter Staub nichts sehen, **920**
Die Steine fallen tonnenschwer.
Es dauert, bis die Wolken gehen.
Die schwarzen Katzen sind nicht mehr.

Doch die Gefährten stehen am Rand, **921**
Von all den Steinen unberührt
Und am Himmel strahlt ein helles Band.
Die Sonne, die den Tag einführt.

"Kommt, Freunde, lasst hier verschwinden. **922**
Der König wird uns erwarten,
Hofft, dass wir seine Tochter finden."
"Von mir aus können wir starten,

Ich werde die Prinzessin tragen. **923**
Aber der König ist im Krieg,
Dorthin können wir uns nicht wagen."
"Wir müssen, Tai´ko. Für den Sieg.

Er muss seine Tochter wieder sehn, **924**
Sonst wird er alles verlieren."
"Ihr sprecht wahr, Lif. Also lasst uns gehn.
Hoffentlich wird nichts passieren."

So wenden sich die fünf gen Grenzstadt, **925**
Wie sie es doch alle vorhatten.
Aber ein jeder ist müde, matt.
Keiner sieht den letzten Schatten.

Nachrichten aus Grenzstadt
Oswald

"Wartet bitte mal kurz, guter Mann! **926**
Könntet ihr uns den Weg zeigen?"
"Sagt mir wohin und seht, ob ich kann!"
"Seht, hier tut der Weg abzweigen

Und unsere Karte zeigt dies nicht." **927**
"Ihr kommt scheinbar von weiter her.
Ja, eure Karte ist ziemlich schlicht,
Aber von hier ist es nicht schwer,

Jedenfalls wenn ihr nach Grenzstadt wollt." **928**
"Grenzstadt? Wir wollten nach Askir!"
"Dann hättet ihr nach Süden gesollt.
"Süden? Man schickte uns nach hier!

Wir haben nach dem König gefragt!" **929**
"Und somit seit ihr hier richtig.
Sogar zwei haben sich her gewagt,
Nichts anderes ist mehr wichtig.

Eine Armee am nördlichen Tor, **930**
Am südlichen gleich die zweite.
Ein Krieg steht unsrer Stadt bald bevor.
Auch die Wache sucht das Weite."

"Dennoch, guter Mann, zeigt uns den Weg. **931**
Wir haben keine andre Wahl."
"Sicher? Dann nach links. Über den Steg.
Ihr habt nicht mal schützenden Stahl.

Ich werde euch dorthin geleiten, **932**
Grenzstadt ist nämlich auch mein Ziel."
"Es sind wohl wahrlich schlimme Zeiten.
Danke. Das bedeutet uns viel.

Wir kommen nämlich aus dem Westen, **933**
Waren noch nie in diesem Land."
"Ihr steht in eines Landes Resten,
Gestattet mir diesen Einwand.

Darf ich nach euren Namen fragen?" **934**
"Oswald und Black, so heißen wir.
Werdet ihr uns auch euren sagen?"
"Han. Der Hauptmann der Wache hier.

Oder dem, was davon übrig bleibt **935**
Nach der Rebellion, dem Krieg.
Nicht mal jeder zweite Mann verbleibt,
Was zählt da noch ein großer Sieg?"

"Rebellion? Was ist hier passiert? **936**
Das mit dem Krieg war uns bekannt."
"Wenn euch das wirklich interessiert,
Dann hört zu, es ist allerhand.

Sigmund hat uns alle betrogen, **937**
Er war Amtmann unserer Stadt,
Auch zu seinem Vorteil gelogen,
Bis er Ra'ar fast umgebracht hat.

Dann wurde er zum Tribun gewählt, **938**
Denn alle hielten Ra'ar für tot.
Aber, was für uns heute zählt:
Er war es nicht. Trotz seiner Not,

Er ging lange in den Untergrund **939**
Und dort hat er dann gewartet,
Gewartet allein auf seine Stund.
Diese hat gestern gestartet.

Gerade rechtzeitig, denke ich. **940**
Deshalb wär er fast gestorben.
Er liegt beim Heiler und erholt sich,
Sigmund hat HeiMei erworben.

Denn er kam mit Riens Soldaten, **941**
Wollte einen Putsch versuchen.
Wir waren frei von allen Staaten,
Unabhängig." Er muss fluchen.

"Miker kam genau zur rechten Zeit. **942**
Den Rest könnt ihr euch wohl denken.
Doch seht, die Stadt. Es ist nicht mehr weit.
Kommt mit, ich werde euch lenken."

Letzte Vorbereitungen
Miker

"Rex, gibt es denn schon Neuigkeiten?" **943**
"Bisher ist mir noch nichts bekannt
Einzig mit Ausnahme der beiden
Aus dem nordwestlichen Bergland,

Die letzte Woche vor uns standen." **944**
"Noch immer nichts von Lynn gehört?"
"Nein, nichts was wir damit verbanden,
Wir haben so viele verhört..."

"Dann gib mir mein Siegel und Papier. **945**
Ich muss meinem Bruder schreiben.
Reikon ist leider nicht bei uns hier,
Er will in Aurea bleiben.

Trotzdem muss er nach Askir zurück, **946**
Ich fürchte, es ist an der Zeit."
"Miker, befürchtet ihr ein Unglück?"
"Ich fürchte, der Krieg ist nicht weit,

Was dann geschieht kann niemand sagen. **947**
Hier, der Brief. Schickt gleich einen Mann."
"Rei hat ihn in wenigen Tagen,
Ich bereite gleich ein Gespann."

Rex dreht sich um und verlässt das Zelt, **948**
Der König bleibt alleine dort.
Eine Ruhe, die nicht lange hält,
Schon bald hört er ein lautes Wort

Und Echo eilt zum Eingang herein. **949**
"Bewegung im feindlichen Heer!
Zu viel, um nur ein Zufall zu sein!"
"Dann bleibt uns wohl keine Zeit mehr.

General, lasst die Hörner schallen **950**
Und die Heerschau bald beginnen."
"So viele davon werden fallen,
Dennoch werden wir gewinnen!"

"Verlagert den Kampf nicht in die Stadt, **951**
Die Bürger können nichts dafür."
"Ihr wisst, was Ra'ar gestern gesagt hat.
Er öffnet uns gern Tor und Tür,

Wenn wir nur seine Heimstatt retten. **952**
Er wird uns hinüber lassen."
"Über den Fluss? Das würd ich wetten.
Nichts könnte ihm besser passen."

"Sagt, Echo, traut ihr diesem Mann nicht?" **953**
"Im Krieg gibt es kein Vertrauen.
Euer Befehl bestimmt meine Sicht,
Nur darauf kann ich nun bauen.

Das Heer läuft auf, wenn die Nacht beginnt. **954**
Werdet ihr selbst zu ihm sprechen?
"Ich habe alle hierher bestimmt,
Es nicht zu tun wird uns schwächen."

Kapitel 6: Ein Sturm bricht los
Die Rede des Königs
Miker

Zehntausend Mann stehn im Fackelschein,	**955**
Als Miker das Podest besteigt.	
Ein jeder fühlt sich heut Nacht allein	
Und merkt, wie selbst die Natur schweigt.	
"Männer und Frauen von Avalon!	**956**
Ihr, die ihr dem Ruf gefolgt seid!	
Heute geht es nicht um einen Thron	
Und nicht um eines Menschen Leid.	
Heute kämpfen wir für unser Land,	**957**
Für Familie und Freiheit!	
Ein jeder hier hat es in der Hand!	
Elysion erstickt in Neid	
Über unsere Art zu leben.	**958**
Heute werden wir es zeigen,	
Ihnen den einen Beweis geben,	
Dass wir uns niemals verneigen!	
Diese Nacht wird niemals vergessen!	**959**
Die Nacht, in der Freiheit gewinnt!	
Heute müssen wir uns noch messen,	
Bevor morgen der Tag beginnt,	
Getauft mit unserem rotem Blut!	**960**
Eure Schilde mögen brechen,	
Aber verliert nie euren Mut!	
Morgen schon werden wir zechen,	

Denn HeiMei muss noch auf uns warten! **961**
Geht nun hinaus, holt euch den Sieg,
Lasst Rien nicht alleine starten!"
"Miker! Sieg! Krieg! Miker! Sieg! Krieg!"

Erschallen noch Schreie aus dem Heer, **962**
Dann zieht es schon über den Fluss.
Sie alle kennen kein Halten mehr,
Aus Warten wurde Überdruss.

In Sichtweite
Lif

"Lif, wartet! Könnt ihr das auch sehen?" **963**
"Ich kann, Sarah. Wir sind zu spät."
"Nein! Wir müssen zum König gehen!
Das hat höchste Priorität!"

"Ich fühle wie Ihr, doch sagt selbst: Wie? **964**
Das sind tausende Soldaten."
"Es gibt hier nur eine Strategie.
Schwert und Schild und Tod auf Raten.

Aber zunächst die Stadt durchqueren. **965**
Ich fürchte, auch dort tobt die Schlacht."
"So lasst uns unsre Taschen leeren.
Nicht, dass Ballast uns langsam macht.

Und danach ziehen wir in den Krieg." **966**

Dunkle Pläne
Rien

"Karon! Du unfähiger Hund!
Nun geh dort raus und hol mir den Sieg!"
"Wir kämpfen um jedes Stück Grund!

Doch Mikers Armee ist auch nicht schwach!   **967**
Ich beherrsche keine Magie."
"Nun, dann geh. Wir spielen hier kein Schach!
Raus hier mit deiner Strategie!"

Der Hauptmann verneigt sich schnell und geht,   **968**
Die Plane fällt hinter ihm zu.
"Alles Idioten, wie ihr seht.
Rien, bitte, nehmt mich dazu!"

""Sheitan? Wie lange seid ihr schon hier?   **969**
Und wie bei HeiMei kommt ihr rein?"
"Ihr wisst, dies Zelt ist auch mein Quartier?
Wieso sollte ich nicht hier sein?

Ich wandle stets in eurem Schatten.   **970**
Nun muss ich meine Macht zeigen,
Dann liegt Miker bald bei den Ratten
Und ihr werdet hoch aufsteigen.

Doch ich schaffe dies nicht ganz allein.   **971**
Kommt, mein König. Zieht euer Schwert."

Ein Kind im Krieg
Lif

"Lynn, halt! Nach links, dort wird Miker sein!"
Während er einen Hieb abwehrt

Deutet Tai´ko auf das Haus am See. **972**
"Wir sind im Krieg, mit einem Kind!
Wer kam eigentlich auf die Idee?"
"Egal wer es auch war: Er spinnt!"

"Ruhe, Freunde! Wir sind alle Schuld!" **973**
Ria kämpft sich durch die Meute.
"Wir schaffen das schon, habt bloß Geduld!"
"Geduld? Siehst du all die Leute?

Die wollen uns alle umbringen! **974**
Und du kämpfst hier mit dem Stecken!"
"Die Götter wolln unser Gelingen!
Seid ihr Memmen oder Recken?"

Lif wischt sich Blut aus seinem Gesicht. **975**
"Seht doch! Dort drüben, auf dem Platz
Vor der Stadt! Das ist der König, nicht?
Lynn, komm doch bitte her mein Schatz.

Du bist sicher in unsrer Mitte. **976**
Wir gehen zu deinem Vater.

Treffen der Rivalen
Miker

"Rex, gewährt mir doch eine Bitte:
Ihr wart ein guter Berater,

Nehmt Lynn auf, wenn ich heute sterbe.   **977**
Wo auch immer das Mädchen ist.
Die Kleine ist mein größtes Erbe."
"Nicht, bevor ihr auch sicher wisst..."

In dem Moment kippt Rex zur Seite,   **978**
Durch dunkle Kraft Stein geworden.
Miker zieht sein Schwert aus der Scheide.
Kafshë. Bestie im Norden.

"Diese Klinge wird euch nichts nützen."   **979**
"Rien! Ihr! Das ist unmöglich!"
"Euer Mundwerk wird euch nicht schützen.
Sheitan hier ist immer tödlich.

"Nun verstehe ich, was euch antreibt.   **980**
Die Hexe ist es, die euch hält!"
"Seit still! Nutzt die Zeit, die euch noch bleibt!
Sheitan. Trennt uns vom Rest der Welt."

Wieder vereint
Lif

"Sie wird heute nichts dergleichen tun." **981**
Sheitan wirbelt sofort herum.
"Ihr werdet heute als erstes ruh´n!
Diese Einmischung war sehr dumm!"

"Papa! Papa! Ich hab euch vermisst!" **982**
"Lynn? Lif? Aber wie? Wie kommt ihr...?"
"Ein wenig Glück und noch viel mehr List.
Unwichtig. Wir sind schließlich hier."

Die Soldaten um sie halten ein, **983**
Bemerken, was sich hier abspielt.
Mikers Männer wolln ihm helfen. "Nein!"
Sie haben auf mich abgezielt.

Verschwendet nicht eure Leben." **984**

Blut und Ehre
Miker

"So ehrenvoll, auch vor dem Tod.
Erspart uns bitte dieses Streben.
Sagt mir, ist euer Blut blau, rot?

Sheitan, Schatz, willst du es uns zeigen?" 985
Ihr schickt nun eure Hündin vor?
Echo, bringt die Kämpfe zum Schweigen.
Es geht um mich und diesen Tor.

Niemand soll mehr sein Leben lassen." 986
Da spürt er den Druck in der Brust,
Als würde sein Herz nicht rein passen.
Zunächst noch gänzlich unbewusst,

Dann kommt der Schmerz, er fällt auf die Knie. 987
"Papa!" Lynn will zu ihm rennen,
Doch etwas lässt sie nicht. "Lynn, renn! Flieh!
Wir müssen uns heute trennen."

Wimmert ihr Vater unter Schmerzen. 988
"Kommt, Miker, spürt die Dunkelheit.
Heute werden wir euch ausmerzen,
Für die Zukunft und alle Zeit."

Die Eisrose
Lif

Sheitans Augen sind gänzlich Dunkel, **989**
Keiner kann sich mehr bewegen.
Dann sieht sie plötzlich einen Funkel,
Spürt einen göttlichen Segen.

Dieser kann nicht HeiMei entstammen, **990**
Dafür ist das Gefühl zu warm.
Sie dreht sich um. Zu Lif. Den Flammen.
Sie kommen wohl aus seinem Arm.

"Feuer, Feuer, Flammenpracht, **991**
Leih mir deine eis´ge Macht,
Nur für den einen Augenblick,
Zu drehen der Welten Geschick"

Lif hält eine Rose in der Hand **992**
Und scheint in Flammen zu stehen.
Das Bild raubt Sheitan den Verstand.
"Aber wie, wie kann das gehen?

Dies Relikt darf nicht existieren, **993**
Es ging vor langer Zeit verlor´n!"
Verloren? Das wird nie passieren.
Es wird aus dem Herzen gebor´n.

Nun fahrt wieder zu eurem Meister, **994**
Zu HeiMei, und kehrt nie zurück.
Bringt Dunkelheit ins Land der Geister,
Serath ist heut euer Unglück.

Lif wirft die Rose hin zu der Frau, **995**
Die kurz darauf in Flammen steht.
Sheitan zerfällt zu Staub, leicht und grau,
Der beim ersten Windstoß verweht.

Und mit ihr geht auch die dunkle Macht, **996**
Die alle festgehalten hat.
Ruhe liegt über der großen Schlacht
Und ebenso über Grenzstadt.

Schachmatt
Rien

"Nein! Nein! Wie könnt ihr es nur wagen?" **997**
Rien zieht nun sein eignes Schwert.
"Ich werde euch ohne sie schlagen,
Dann ist Sheitans Tod ohne Wert!

Männer! Greift an! Steht nicht so herum!" **998**
Keiner folgt des Königs Worten.
"Rien, eure Männer sind nicht dumm.
Hier und jetzt endet das Morden.

Ihr habt verloren, seht es doch ein." **999**
"Ihr habt mir Sheitan genommen.
Meine Macht. Es wird nie Friede sein,
Bevor ich Rache bekommen."

Er schleudert sein Schwert zur Prinzessin, **1000**
Als Ziel diesmal nur Mikers Schmerz,
Doch dieser wirft sich vor seine Lynn.
Die Klinge dringt tief in sein Herz.

Danksagung

Es ist ein schöner Brauch, dass der Autor eines Buches sich an dessen Ende bei all denen, die ihn auf der Reise durch seine eigene Fantasie begleitet haben, bedankt. Dieser möchte ich mich gerne anschließen, schließlich wäre das Buch ohne euch nicht möglich gewesen! Somit geht an dieser Stelle, am Ende des ersten Bandes von "Spiel der Könige" mein besonderer Dank an meine Freunde, die mir geholfen haben mich auf der zweijährigen Reise nicht zu verlaufen, die mich aktiver als es möglich sein sollte bei der Suche nach den Namen der Charaktere unterstützt haben und niemals damit aufhörten, sich selbst und mich auch in Zeiten, wo mir das Schreiben schwer fiel, für dieses Projekt begeistern konnten. Ebenso geht ein großer Dank an meine Familie, die sehr lange ohne mich auskommen musste, wenn ich am Schreibtisch saß, und dann und wann auch mal die schlechte Laune abbekommen hat, die durch Rückschläge im Schreibprozess begründet liegt. Zudem danke ich ganz besonders Lynn und Lif. Der einen für die Kraft, dem anderen für die Ideen. Mögen eure Namen sich in meiner Geschichte stets einen ehrenvollen Platz behalten! Zu guter Letzt geht mein Dank noch an alle, die ich in den letzten beiden Jahren als Probeleser und Kritiker missbraucht habe und natürlich auch an dich, lieber Leser, der du dich nun durch eintausend Strophen gearbeitet hast. Ich hoffe, die Arbeit hat sich gelohnt und ich konnte zumindest einen Augenblick für etwas Kurzweil sorgen und dich nach Turrea entführen! Mögen wir uns alle im nächsten Teil der Geschichte wieder begegnen .

Aotora

Lexikon der Namen

Orte, Flüsse und Landschaften

Aron – Wald im nördlichen Avalon
Ascheinsel – seit Jahrhunderten verbrannte Insel im südlichen Meer
Askir – Hauptstadt von Avalon
Aurea – Reiches Gebiet an der nordöstlichen Küste
Avalon – Königreich des Südens, von Miker regiert
Berglande – wildes Gebirge an der westlichen Grenze der Königreiche
Chaosbucht – Bucht an Aureas Grenzen
Drachenstein – Ruine einer prächtigen Festung bei Askir
Elysion – Königreich des Nordens, von Rien regiert
Elysion (Stadt) – Hauptstadt des gleichnamigen Königreichs
Feld des Feuers – Ort einer sagenhaften Schlacht der Götter
Garoth – Hauptstadt der Berglande
Grenzstadt – unabhängige Stadt zwischen den beiden Königreichen
Ila Dûn – Berg, an dessen Hängen Askir erbaut wurde
Kir- Fluss durch Kirestal, westlich von Askir
Kirestal – kleiner Ort im Schatten von Askir
Knochensumpf – Großes Sumpfland an der westlichen Seite des Shél
Rhûn – breiter Fluss, der die Königreiche trennt
Shél – Fluss an der südwestlichen Grenze von Aurea
Turrea – Die Welt der Geschichte

In Avalon

Amber – Nachbarin von Tristan
Aya Anderson – verstorbene Schwester von Lif
Cody – Wache von Avalon
Eberhart – Schneider
Echo – General von Mikers Armee
Eodain – Hauslehrer von Lynn
Faolan – Wirt der Taverne "Zum Eisdrachen"
Fejron – Wache von Askir
Fenris – Hund von Tristan
Gisela – Kartographin
Hannes – Knecht des Schmieds
Kataria von Katzura – freier Ritter
Lif Anderson – Chronist
Lynn – Tochter von Miker und Rulynn, nach der Mutter benannt
Isabell – Herzogin von Aurea
Jacky – Bäcker
Jakob - Schneider
MacAbell – Schmied von Askir
Miker – König von Avalon
Norbert - Heiler
Peter – Hauptmann der königlichen Wache von Avalon
Rex – Herold von König Miker
Rulynn – Verstorbene Frau von König Miker
Sarah – Kerkerwache von Askir
Tai´ko – Bewohner eines weit entfernten Landes
Tristan - Erfinder
Weichpfote – Kater von Prinzessin Lynn

In Elysion

Leila – Mutter von König Rien
Rien – König von Elysion
Sheitan – schwarze Magierin
Karon – Hauptmann der Armee von Elysion

In der Kirche des Feuers

Damian – Novize der Kirche
Marianne (Ria) – Novizin der Kirche
Yahiro – Priester des ewigen Feuers

Die schwarzen Katzen

Agira – Assassine
Azusa – Anführer der Assassinen
Greer – Assassine
Makila - Assassine
Rizzy – Assassine
Timothy – Assassine

Die Drachengötter

Cyrill – General von Zephyr
HeiMei – Oberster Gott, Drache des Todes
Larc – Gott, Drache der Natur
Naru – Göttin, Drache der Tiere
Reth – Gott, Drache der Menschen
Serath – Gott, Drache des Feuers
Zephyr – Oberste Göttin, Drache des Lichts

In der Welt

Bolt – Legendärer Wolf
Grimmzahn – Legendärer König der Wölfe
Lunara – Bardin
Nero - Jäger
Ryux – Wirt des Gasthauses "Zum gefallenen Wolf"
Tails – Legendärer Wolf
Yaju – Prophetin aus alter Zeit
Zuliko – Barde

Die blauen Wölfe

Ferion – Söldner
Keldan – Söldner
Reikon – Hauptmann der Söldner
Vergil – Söldner
Xaneran – Söldner

In Grenzstadt

Balthasar – Tribun
Han – Wachkommandant von Grenzstadt
Nath – Dieb
Nighty – unbekannter Mann in den Tunneln
Ra´ar – Anführer der Diebe
Sigmund - Tribun
Stan – Dieb
Tom – Tribun

In den Bergen

Black McAulay – Köhler
Norok – Anführer
Simon – Künstler
Oswald – Einwohner von Garoth